艺海文澜

陈俊丽作品集

陈俊丽 著

中国戏剧出版社

图书在版编目（CIP）数据

艺海文澜：陈俊丽作品集 / 陈俊丽著. — 北京：
中国戏剧出版社，2018.11
ISBN 978-7-104-04734-6

Ⅰ. ①艺… Ⅱ. ①陈… Ⅲ. ①剧本—作品综合集—中
国—当代 Ⅳ. ①I230

中国版本图书馆CIP数据核字(2018)第240095号

艺海文澜：陈俊丽作品集

项目统筹： 黄艳华
责任编辑： 梁卫国
责任印制： 冯志强

出版发行： 中国戏剧出版社
出 版 人： 樊国宾
社　　址： 北京市西城区天宁寺前街2号国家音乐产业基地L座
邮　　编： 100055
网　　址： www.theatrebook.cn
电　　话： 010－63381560（发行部） 010－63385980（总编室）
传　　真： 010－63383910（发行部）

读者服务： 010－63387810
邮购地址： 北京市西城区天宁寺前街2号国家音乐产业基地L座

印　　刷： 鑫海达（天津）印务有限公司
开　　本： 787mm×1092mm　1 / 16
印　　张： 18
字　　数： 235 千字
版　　次： 2018年11月　北京第1版第1次印刷
书　　号： ISBN 978-7-104-04734-6
定　　价： 99.00 元

序

吴亚明

那天突然接到了俊丽的电话，印象中那是她第一次和我通话，电话那头是她拘谨的声音，原来她给我打电话是想让省文化艺术研究院帮她举办她的青年艺术人才推介会。对于她入选河南省扶持艺术发展专项资金青年人才扶持项目这件事，我是知道的。她是河南省第一个入选扶持此项目的青年编剧，之所以能成功入选，首先是因为这么多年省文化旅游厅的各级领导和艺术界的专家们都是看着她和她的作品一起成长的，她的成长大家都有目共睹。其次她的单位是市艺术研究所，从单位职能上说和我们省文化艺术研究所院属于上下级关系，任何地市出现这样一个青年编剧人才，我们省文化艺术研究院都会特别的关注。所以，我没有犹豫就答应了帮她召开她的青年艺术人才推介会。

因为推介会，俊丽专门送来了她即将出版的作品集《艺海文澜》，她说文澜是她的笔名，作品集起这个名字希望自己永远是艺术海洋里一朵跳跃的浪花。此外，她还想让我为她的作品集作序。说实话，我还是有自知之明的，从来没给别人的专辑写过序言之类的，主要是感觉自己还没到可以给人写序那个重量级上。但对于俊丽的作品集《艺海文澜》而言，谈谈自己学习后的一些感受还是可以的。

在近几年省里不管是大戏还是小戏小品的赛事上，都有俊丽的作品参加，所以这个作品集收录了她的部分作品。中国八大古都之一——安阳，是一座文化底蕴十分厚重的城市，这里是甲骨文发现地、周易发源地，有殷墟和中国大运河卫河（永济渠）滑县段两处世界文化遗产。安阳殷墟是我国目前为止最早有文献可考、并为考古学和甲骨文所证实的都城遗址。除此以外，这里还有“人工天河”红旗渠，国家级的中国文字博物馆、马氏庄院、岳飞庙等等，这些都具有极高的历史价值，也是创作的好题材，若创作成功一定会极具艺术价值的。作为一个生活在这样一座文化氛围浓厚城市的青年编剧，必须有责任和义务为自己生活的家乡来创作和宣传，若是家乡因为你的作品而更加出名，这就达到了政府宣传和本人创作的目的。俊丽近年创作的大型历史剧《甲骨殇》，就是以甲骨文为题材，剧本大纲成功入选国家艺术基金青年人才扶持项目，因为选题好，国家艺术基金当时在公示时，她作为一名地市级的青年人才编剧，在国家艺术基金青年艺术创作人才扶持公示一档中排名第一位。可见这个选题是多么有价值！历经两年时间，大型历史剧《甲骨殇》终于完稿，于2019年在国家艺术基金成功结项。另外创作的一个大型现代戏《金山岭》，是以当前最炙手可热的蓝天保卫工程为题材，成功入选了中国第四届“曹禺杯”优秀提名奖。这两个剧目因为其他原因，没能收录到此作品集。

作品集收录了大型剧本、小戏小品快板和论文三类作品，这些都是她从事编剧以来上演和获奖的剧本。大型剧本类收录的是现代戏《野牯岭》《铁牛村》和历史剧《马青霞》《马丕瑶出京》几个大型剧本，除了《铁牛村》剧本以外，其他的都是在本土题材上挖掘创作的。创作现代戏《野牯岭》的时候，正是大学生村官新兴的时候，我们知道大学生村官制度是我国向农村输血的重要途径。各地围绕“下得去、待得住、干得好、流得动”，进行了有益探索，推动优秀大学生积极投身到农业和农村现代化建设中去。但一些大学生村官也面临“下不来，上不去”的困惑，如何让他们在农村发挥更大作用，仍然是一道难题。当时安阳这一块工作在河南省做得特别好，投身到农村的大学生村官在自己的岗位干得也很有特点，能够沉下身来为新农村建设做出自己应有的贡献。反映大学生村官的剧本就这样创作出来了，被安阳市崔派艺术研究院搬演，此剧目获河南省黄河戏剧奖剧目金奖，本人获得编剧新人奖，又获得河南省安阳市第六届精神文明建设“五个一工程”入选作品奖；名震中州的马氏庄院是安阳又一旅游胜地，它是晚清“百官楷模”马丕瑶的故居，这里是蓝砖灰瓦、古朴典雅的清末古建筑群。马青霞又是马丕瑶的小女儿，马丕瑶一生为朝廷殚精竭虑、尽心尽责、清除积弊、造福黎民，最后病死任上。他的女儿马青霞为辛亥革命做出巨大贡献。马家父女二人均是安阳的骄傲，值得创作宣传，大型历史剧本《马青霞》获河南省第五届省优秀剧本征集提名奖；大型豫剧《马丕瑶出京》获第十三届河南省戏剧大赛文华剧作奖、河南省“许昌杯”黄河戏剧大赛金奖、第四届“黄河戏剧奖”戏剧文学奖，本人获编剧奖，并被河南省委宣传部立为“中原人文精神精品工程”2014 年度重点项目；大型蒲剧《铁牛村》剧本由山西运城蒲剧团演出。

纵观作品集，不管是大戏还是小品，大都是命题创作，作为一名体制内编剧，自主创作的作品没有命题创作机会多，虽然自主创作的作品也是在传达真善美，但搬演到舞台的机会不会太多。小戏小品就是这样，基本上都是命题创作的。搞创作的人都知道，正剧是最不好写的，切入点不巧，人物关系和故事情节设计稍微不好就会落入俗套，也正是这样才更考验编剧的创作技巧与实战经验。八个小戏小品虽然都是正剧，小品《农家喜事》《老刁赴宴》和小戏《脱贫名单》正剧中能看出喜剧的效果，这是难能可贵的；小品《大明的心愿》《检徽情》和小戏《雪夜温情》三个小品走的是感人路线；快板《清莲颂》参加了中央第七届少儿曲艺大赛，因为内容是对当前正能量的宣传，受到了评委与观众的好评；小品《双喜临门》和《婆婆・妈妈》内容略显太正，这也是命题创作的正剧小品创作的不易；论文类有稀有剧种方面的探索，有人物传记评论，也有剧评，都是在省级和国家级的刊物上发表，说明俊丽平时不仅艺术创作，还在艺术研究上有所成就。

很高兴，推介会召开得十分成功，专家们对她本人赞誉有加，能坚守在基层创作岗位上这么多年，并坚持创作实属不易，再谈她的作品集更是畅所欲言。与会专家出于爱护青年编剧和为了她以后更茁壮地成长，对她的作品进行肯定的同时，也提出了不少意见与建议，相信专家们的谆谆教诲对她以后的创作能起到一个好的引导作用。

路就是这样一步一步走出来的，只要坚持走下去，结果终将是美好的，希望俊丽在以后的创作道路上继续坚持下去，不断沉淀、不断学习、不断创作，以后能写出更多更好更有质量的艺术作品来。

祝她——好戏在后头。

（作者系河南省文化艺术研究院院长）

目录
CONTENTS

一　大型剧本类

大型新编历史剧　马青霞……003
大型现代戏　野牯岭……040
大型历史剧　马丕瑶出京……084
大型新编蒲剧　铁牛村……122

二　小戏小品类

话剧小品　大明的心愿……180
话剧小品　农家喜事……187
小戏曲　雪夜温情……193
话剧小品　双喜临门……200
戏曲小品　婆婆·妈妈……206

话剧小品　检徽情……212
小戏曲　脱贫名单……218
喜剧小品　老刁赴宴……225
快板　青莲颂……233

三　论文类

初探大锣戏……244
香中别有韵　大爱无需言……247
浅议罗卷戏的保护……257
岁寒梅花齐争艳　暗香浮动安阳城
——记河南省“首届黄河戏剧奖·梅花表演奖”大赛……263
温文尔雅美小生
——感受青年演员任现军从艺三十年的艺术人生……267
迷茫青春中的潋滟光波
——小剧场话剧《我要恋爱》中的人物形象塑造及舞台呈现……272

一　大型剧本类

大型新编历史剧

马青霞

谨以此剧献给一位伟大的中国女性，她是一位坚强的革命者，热心的活动家，也是一位一辈子都在思考她的巨大财富如何运用的人间平凡奇女子。

时　间　光绪年间至民国。

地　点　尉氏、日本。

人　物　马青霞　女，30岁至47岁，剧中主人公。

刘仲堂　男，46岁至60岁，马青霞婆家叔叔。

孙　文　男，孙中山，41岁，中国民主革命先行者，三民主义倡导者。

张广生　男，30岁至45岁，马青霞幼时伙伴，同盟会会员。

周树人　男，28岁，笔名鲁迅，是马青霞在日本的中国好友。

刘　继　男，12岁至20岁，马青霞养子。

马　二　刘仲堂佣人，后弃主人追随马青霞走上革命道路。

桃　花　马青霞丫环。

积　生　马青霞佣人。

群众演员若干（可扮演公公、王大栓、刘家族人、穷苦人、革命党）。

第一场

［幕启。元宵佳节一派节日气氛。一群舞者身穿破旧整齐地边舞边上。

（唱）帝国列强把中国伤，

穷人们天天闹饥荒。

安阳的青霞好心肠，

她为穷人建桥梁、办工厂、建学堂、设义庄。

元宵节放赈来开仓，

有了她穷人不慌张。

［歌舞者下，刘仲堂、马二上。

刘仲堂　她又要当救世观音了，当初我们刘家怎么会看上她？

马　二　大少奶奶有一副菩萨心肠，人又大方，那是你们刘家的福气。

刘仲堂　你意思说我小气？

马　二　不！不敢！

刘仲堂　我小气也不是一天两天了，我要不小气，我们刘家能有万贯家产！

（唱）　我小气我夺泥燕口，

我小气我削铁针头。

刮金佛面细搜求，

没有也能寻得二两油——

鹌鹑胃里寻豌豆。

鹭鸶腿上劈精肉，

蚊子肚里刮脂油。

（白）该出手就出手，能装兜里我绝不让它往外流！

马　二　精辟！

刘仲堂　精辟吧！（唾沫喷马二一脸）向我学着点儿，看我今天怎么斗她马青霞！

马　二　（擦脸）走着！

刘仲堂　走！去开仓现场搅一搅？

马　二　（唱）**搅一搅那个搅一搅，**

亿万家产到了你的怀抱！

刘仲堂　（唱）**到了我的怀抱！**

马　二　你怀抱！

刘仲堂　我的怀抱！嘿嘿嘿！

马　二　哈哈哈！

二　人　哈哈哈！（马二作鄙视状）

［切光。

［雄厚深邃、庄重的师中堂，小刘继和桃花上。

刘　继　娘！娘！

桃　花　小少爷，你小点声，让小姐再睡一会儿。待会儿她还要去开仓放赈呢。

刘　继　桃花姐姐，我娘为什么老把我们家的东西给别人啊！

桃　花　你娘有一副菩萨心肠呗！

刘　继　可三爷说我娘傻，要我好好看着她，不能再把家里的东西给别人了！

桃　花　少爷！来，桃花姐姐带你去一个好玩的地方，那里有好多花灯，还能猜谜语呢。

刘　继　猜谜语喽，猜谜语喽！

［二人随下，轻缓优美的音乐起，青霞上。

马青霞　（唱）**十里河水光相照，**

万家灯火闹春桥。
看那边——
舞狮秧歌真热闹，
唐僧取经踩高跷。
花灯歌声也喧闹，
香烟袅袅乱飘飘。
想起来——
心中喜欢又烦恼，
短命夫家将我抛。
万贯家产将我搅，
族人把钱看得高。
争夺大战把我闹，
师古堂内避纷绕。
孤儿寡母无依靠，
童言无忌把真话掏。
战事不断心内焦，
平民百姓受煎熬。
虽说年景不算好，
乡亲照常闹元宵。

［桃花气喘吁吁地上。

桃　花　小姐！积生说都准备好了，只等小姐过去！

马青霞　走！

［另一表演区，许多前来领粮的乡亲都在秩序井然地等着。青霞、桃花还有积生在忙着分发粮食，刘仲堂和马二上。

刘仲堂　人老腰屈头不低，树老焦梢叶不稀，茄子老了一斗子，倭瓜越老越好吃。

我刘仲堂活到半百，不信就斗不过你这个败家侄媳妇！

马　二　和我想象中的不差啥，果然是人面桃花！

刘仲堂　拿我们刘家的钱往外扔，自个儿一点儿都不心疼。

马　二　名如其人，那小模样让人看了就心疼。

刘仲堂　什么大官家的千金呀，我看整一个败金。

马　二　这模样是我择偶的标准，我喜欢哟！

［青霞一行人早就看到了刘仲堂，只装作没有看见。王大栓上。

王大栓　三小姐！

马青霞　何事这么惊慌！

王大栓　三小姐，吉森大少爷的亲笔信。（递信）

马青霞　（看信）大哥是个干大事儿的人，他为了大清颜面和日本人争煤矿，如今他资金缺乏，我应帮大哥缺的钱我全补上，桃花！（耳语）

桃　花　是，小姐！

［下，刘仲堂上。

刘仲堂　我们刘家的钱财你挥霍了不算，还想往娘家拿，贤侄媳妇，你要是不会理财，老夫帮你！

马青霞　青霞不明白！

刘仲堂　揣着明白装糊涂，什么知府大人的千金，你爹妈小时候怎么教育你的！

王大栓　你……

［被马青霞拦住。

刘仲堂　开什么仓，拿什么钱，都给我停喽！

［众停下看刘仲堂。小刘继吓得躲在青霞身后。

刘仲堂　我大哥没了，大侄子也没了，可我们刘家还有人呀！

马青霞　叔叔，你的意思是……

刘仲堂　仓不开了，大家伙都回吧！

马青霞　此事不劳叔叔费心，这事儿我会做好分寸的。

刘仲堂　侄媳呀！

（唱）你以为我是三岁顽童把我诳，

我可是刘家你的三叔刘仲堂。

马青霞　（唱）侄媳心里不敞亮，

叔叔唱的哪一桩。

刘仲堂　（唱）这事情一桩桩，

桩桩觉得好荒唐。

马青霞　（唱）我做事向来有主张，

你不必为我操心忙！

刘仲堂　（唱）刘家人不容你再嚣张，

有我在你千万别逞强。

马青霞　（唱）叔叔说话好荒唐，

开仓没动你家一颗食。

刘仲堂　（冷笑）你拿我大哥和大侄子的血汗钱在挥霍就不中！

马青霞　（冷笑）你无权力替我拿主意。

刘仲堂　看我咋把你手中的权力给收回来！

马青霞　那你就试试！

［一声“圣旨到”，众人忙伏地听旨。

公　公　奉天承运，皇帝诏曰：马家刘氏青霞扶困济贫，为大清赢得声誉，下旨封此女为一品诰命夫人，赐服饰一套、头饰一顶，“乐善好施”匾额一幅，钦此。

众　　　万岁，万岁，万万岁。

马青霞　（接旨）谢谢李公公不远千里来下旨。

公　公　客气！这里还有一封邀请信，你二哥马吉樟在北京建豫学堂资助有功，皇帝特许你和马吉樟一同去日本考察学务。这位是……

马青霞　夫家叔叔。

公　公　有劳叔叔平日扶持，青霞才有今天的善举。

刘仲堂　哪里！哪里！

公　公　皇帝有旨，不许欺负她们娘儿俩！

刘仲堂　（伏地）不欺！不欺！

公　公　谢主隆恩吧！

刘仲堂　吾皇万岁万万岁！

公　公　还给你带来一位友人，此去日本一切事务要靠他打点。

马青霞　友人？

公　公　出来吧，让诰命夫人看看。

[张广生上。

马青霞　是你？

张广生　是我！

公　公　哈哈哈！

马　二　老爷，这一回合你输了，人家少奶奶朝廷里还有人呐！

刘仲堂　大玩家从来不赢头三把，我们骑驴看唱本——走着瞧！

[在声声轮船汽笛声中切光。

第二场

[富士山下，樱花灿烂气候宜人，马青霞，张广生上。

张广生　（唱）樱花正烂漫，

马青霞　（唱）巍巍富士山。

张广生　（唱）考察学务忙，

马青霞　（唱）教育真新鲜。

张广生　（唱）我们一同把心散，

马青霞　（唱）我们一同来游玩。

合　　（唱）不由想起童年的滴滴点点，

张广生　（唱）曾记得我们一起耍玩。

马青霞　（唱）龙抱槐下同把书念，

张广生　（唱）吟诗作画你是状元。

马青霞　（唱）广生哥事事礼让三先，

张广生　（唱）如今童年已遥远。

马青霞　（唱）美好记忆留心间，

张广生　（唱）白驹过隙已过多年。

马青霞　（唱）你变得让人刮目相看！

张广生　（唱）是褒还是贬？

马青霞　（唱）思想进步想法超前。

许多话听都没听过让我汗颜。

这十年我结婚、守寡，族人无休止的争夺财产让我喘不过气来，生活空间很狭窄，而你就和我不一样了！

张广生　环境不同罢了，哪里谈上不一样？

马青霞　环境是可以改变人的！

张广生　我们之间如果有差距，那可能是因为我在新的阵地接受了新的思想。

马青霞　新的阵地？新的思想？什么新思想？我能接受吗？

张广生　走，现在就带你去！

［二人圆场，孙文上。

张广生　报告！

孙　文　进来。

张广生　孙文大哥，张广生向你报到。

［像士兵见领导一样敬礼。

孙　文　没正形，这位是……

张广生　她叫马青霞，河南安阳人！

孙　文　（一惊）马青霞？

马青霞　是！

孙　文　你的父亲可是广东巡抚马丕瑶大人？

马青霞　正是！

孙　文　哎呀！青霞小妹！

马青霞　你是……

孙　文　小妹！

（唱）你父救我出魔爪，

孙文才能把命逃。

大人如今可安好？

你为孙文把问候捎！

马青霞　孙文兄，我父在你逃走当晚就死了！

孙　文　啊！

马青霞　父亲给你送完信回来口中就一直说你是人才，不能让他们给毁喽！

孙　文　是我把你父亲给害了。

马青霞　你言重了！

孙　文　三妹在日本近来可好？

马青霞　好！看到了很多在国内看不到的东西。

张广生　霞妹，这里就是孙文兄开创的同盟会。

马青霞　同盟会？

张广生　对，一个新民主、新思想的阵地。

孙　文　开会的时间到了，也请三妹听听吧。

张广生　开会喽，开会喽！

［周树人等人上。

孙　文　同志们，开会前一起把同盟的纲领来一遍：驱除鞑虏，恢复中华，创立民国，平均地权。

［一遍比一遍声音高，青霞不由加入高呼。

马青霞　（唱）驱除鞑虏、恢复中华、创立民国、平均地权，
为什么这些话儿听起来这么新鲜？
每词每字响彻在我耳边，
每词每字说到我的心间。
这就是广生哥说的新阵地？
加入新阵地思想就会改变？
平下气静下心，
好好把课来听完。

孙　文　周树人的这篇《摩罗诗力说》是站在革命民主主义的立场，对形形色色的反动思潮进行猛烈地批判，提出改革中国社会的政治主张。这种重要的思想我们必须去宣传。

张广生　树人的另外两篇《科学史教篇》《文化偏至论》写得也很精辟，一针见血地指出了"立国"必先"立人"的重要思想，可惜这些好作品没有好的途径进行宣传，真是愁煞人！

孙　文　没有途径找途径！

张广生　本来说要拟创办杂志，因经费问题未能如愿！

周树人　那我们就用演讲会去宣传！效果同样不错！

张广生　是不错，就是速度慢了点儿。

马青霞　我能不能说两句。

孙　文　请讲！

马青霞　大家好！
（唱）我叫马青霞，

河南安阳有我家。

耳闻目睹了日本的发达，

让我清楚了一个真理那就是落后就要被挨打。

适才听到大家的谈话，

让我感到这里就是我的家。

对家人不用说客套话，

树人同志的论文要发表我来帮助他！

[众人惊喜。

张广生　你怎么帮？

马青霞　你忘了，我在家乡就是个慈善家。孙文兄，我还有一个请求！

孙　文　讲！

马青霞　我想成为你们中的一员。

孙　文　大家说，三妹的这个请求答不答应。

周树人　当然答应，不过再答应她加入同盟会之前我也有个请求。

马青霞　噢！请讲。

周树人（唱）青霞青霞是救世菩萨，

留日学生早就知道她。

今日一见果然名不虚夸，

她出钱办杂志宣传先进文化，

不比我们中的任何人差。

她的请求我举双手赞同大家说好吗？

杂志社名字我已想好就叫《河南文化》。

会员甲　青霞是河南人，她出资办杂志，理应以河南为名。妙哉！妙哉！

马青霞　诸位误会了，我出资不图什么！

张广生　霞妹，这是大家的心意你就从了吧。

孙　文　是呀，欢迎你加入同盟会！

众　　欢迎！

周树人　这是继秋瑾之后的又一位新时期女同胞。

马青霞　秋瑾？今天怎么没有来？

周树人　她为宣传先进思想刚刚回国！

马青霞　好遗憾。

张广生　霞妹，回头给你阅读她留下的文章和诗词。

周树人　我们是老乡，回头给你讲讲她的传奇故事。

马青霞　好！

［切光，众人闪退，马青霞桌前手执书卷看。

马青霞　“祖国沉沦感不禁，闲来海外觅知音。休言女子非英物，夜夜龙泉壁上鸣！”（放书卷）

（唱）秋瑾爱国之情让人敬，
我和她差距太远自惭形。
一代女豪巾帼英雄，
向她学习我也能行。
多做贡献尽我所能，
解放中国，中华振兴。

［周树人上。

周树人　青霞。

马青霞　树人，我正在看秋瑾的诗词。

周树人　是不是读过让人很振奋！

马青霞　是！

［舒缓轻柔的音乐起。

周树人　（吟）不惜千金买宝刀，
貂裘换酒也堪豪。
一腔热血勤珍重，

洒去犹能化碧涛。

马青霞　她的诗就像她的人。

周树人　一个为了革命事业把家庭都抛弃的女人！

马青霞　（很沉醉地吟）

吾辈爱自由，勉励自由一杯酒，

男女平权天赋就，岂甘居牛后？

周树人　（同吟）愿奴隶根除，知识学问历练就。

责任上肩头，国民女杰期无负。

马青霞　这次回国我一定拜访她。向她好好学习！

周树人　你要走？

马青霞　是该走了！

（唱）这半年我收益最大，

从懵懂到清醒我得到升华。

来日本考察常务我学到了先进文化，

加入同盟会使我找到了奋斗的目标。

我定要做一个矫矫不同俗流的马青霞，

同你们一起驱除鞑虏，恢复中华。

周树人　青霞，我赠你字画一幅。（泼墨书写）

马青霞　（读）“才貌双全”。

周树人　一看到你我脑海里来回出现的四个字，用在你身上最恰当不过了。

[张广生上。

马青霞　孙文兄外出不在，临走前有事想拜托给你们俩！

周树人　什么事？

马青霞　离开日本之前我想把身上剩的钱全捐给同盟会。

周树人　你刚捐了一万五千两为我们办起了杂志社。

马青霞　同盟会刚起步，好多地方用钱，剩下的这两万块钱你们就代表孙文哥接受吧！

张广生　我和树人就代表孙文哥接受你的捐赠了。

周树人　谢谢你，青霞。

［会员甲跑上。

会员甲　大事不好了！

张广生　慢慢说！

会员甲　秋瑾领导的浙江同盟会起义失败，她……她……

马青霞　她怎么了！

会员甲　她慷慨就义了！

［切光。

第三场

［光启，烈士秋瑾之墓。

［马青霞、桃花上。

马青霞　好姐姐，今天妹妹来看你了！

［摆祭品。

（唱）你长我两岁理应是姐姐，

不成义便成仁为革命你终把命来歇。

你的秋风秋雨愁煞人已刻入我心肋，

有你为我做榜样我什么也不缺。

我就走姐的道路把姐来学，

请你放心来好好歇一歇。

（白）桃花。

桃　花　小姐。

马青霞　祭文拿来。

桃　花　是。（递马青霞）

马青霞　（接祭文念）呜呼哀哉！ 呜呼哀哉！一代女杰，壮志未酬身先死，革命之损国家之损。余与女杰乃同年所生 ，同为女子而不甘平庸世俗终其一生，虽未曾相识，然神交已久，心向往之，本欲回国前去面晤，聆听高见，不料天不暇人，竟身遭不幸，使余不得见而哀痛。生当作人杰，死亦为鬼雄，女杰为救国而死，死得悲壮，死得其所！壮哉！壮哉！一九零七年七月十八日，马青霞。

［孙文上。

孙　文　三妹！

马青霞　孙文兄，你怎么在这里？

孙　文　听说秋瑾牺牲了，特地从国外回来看看她，光复之前，浙人之首入同盟会者秋女士也，今天秋女士不再生，而她临终前的“秋风秋雨愁煞人”则传诵不忘。

马青霞　这也是她加入同盟会时许下的诺言！

（唱）人生就是一瞬间，

转眼就是一百年。

谁识王谢堂前燕，

将相坟头渔樵闲。

忧国忧民数秋瑾，

坎坷伴着泪辛酸。

我和她一比实汗颜，

不枉今生来到人世间。

孙　文　（唱）人生自古谁无死，

几人梦魂得心安。

你也知干革命实在难，

中国的现况实在让人心寒。

我这次来请你去出面，

我要你担当河南同盟会的总领班。

要你把革命弟兄同召唤，

要你团结他们来把革命干。

我们携手齐心合力共造中国新家园。

马青霞　我答应你的提议。做我们河南同盟会的总领班。时刻等待你的召唤。为革命抛头颅洒热血。

桃　花　小姐！

马青霞　莫怕。

孙　文　青霞，这是我题的字。（把字画打开）

马青霞　（念）“巾帼英雄”，这个称号送给秋瑾也当之无愧了。

孙　文　秋瑾，你的好妹妹马青霞替你接过这四个字。她要继续地为革命做贡献了！

［光启，暗转。

刘仲堂　马二，你怎么把一个大活人给看丢了？

马　二　老爷，腿在她身上长着，那还不是想去哪儿就去哪儿！

刘仲堂　我也没让你限制她的人身自由呀，你得给我汇报，汇报你懂不懂？

马　二　回老爷，少奶奶和桃花匆匆地出门了，我也不知道她们去哪儿啦！不过看着像是出远门。

刘仲堂　刚从日本回来又出远门。她出门这半年，要不是我在这儿为她苦苦撑着，她家早就败了。

马　二　你也不白撑呀，这半年你可没少往自己腰包里揣。

刘仲堂　马二，你嘀嘀咕咕在说什么呢。

马　二　回老爷，我在想少奶奶能领着桃花去哪儿呢！

刘仲堂　桃花，对，就从这个人身上打开缺口，马二，你不是喜欢桃花？

马　二　老爷的眼睛是雪亮的。

刘仲堂　你就从桃花口中给我窃取她马青霞的行踪，不信这次我扳不倒她。

马　二　老爷，你还要和她对着干呀？

刘仲堂　废话，不和她干我去哪儿弄钱！

（唱）人生就像狼和羊，

从来就是蛮横欺善良。

我强我是一头狼，

她弱她是一只羊。

是狼就是要吃羊，

是羊就是要喂狼。

马　二　我看你们俩谁是狼，谁是羊还不一定呢。

刘仲堂　我肯定是狼。

马　二　那可不一定，人家少奶奶有一个在朝廷做官的二哥，还有皇上给撑腰，你能斗过人家！别到时候你让狼给吃喽。

刘仲堂　我看你的魂让桃花那个小妮子给勾走了，怎私下替她们说话，你给我记好喽，老爷我就是一头狼，你跟着我干，肯定少不了给你一个如花似玉的老婆！

马　二　谢老爷恩典。

［马青霞、桃花上。

马青霞　桃花！你快去通知积生，把铺面这半年多的账本拿出来。

桃　花　是，小姐。

［桃花下，马二上。

马　二（念）马二脸上我笑吟吟，

老爷把桃花许给我做夫人。

我开心，我开心，

马二马上就有媳妇抱怀襟。

回头想想老爷怪险阴，

一心要把少奶奶踢出刘家门。

桃花本是少奶奶带来的人，

少奶奶要是走了我这婚姻！

我这婚姻如同做梦一点儿也不真，

对老爷不能忍也要忍，

不好忍我也要吞，

谁让马二从小就被他禁锢了身。

桃　花　马二，你在这儿一个人嘀咕什么呀！

马　二　是花儿啊？

桃　花　我叫桃花，以后不许你再叫我花儿、花儿的了，难听死了！

马　二　（唱）叫声花儿小妹妹，

真想把手牵一回。

妹妹甜甜的嘴弯弯的眉。

妹妹年轻又貌美，

叫我真想和你永相随。

永相随，永相随。

以后日日夜夜把你陪，

叫我为你做牛做马也不亏。

桃　花　你在胡说什么，不理你了。

马　二　花儿，你要去干什么。

桃　花　我去铺面。

马　二　这么多天没见你，你和少奶奶回娘家了！

桃　花　不是，我们……马二，你打听这么多干什么？

马　二　可多天没见着你心里发慌，以后你要是去什么地方，就提前给我说一声！

桃　花　（害羞地）给你说干什么，你又不是我什么人。

马　二　谁说的，以后我就是你——（嗯）什么——人了。

桃　花　不跟你说了。（跑下）

马　二　花儿，花儿，我还没说完呢，等等我。（跟着跑下）

［切光。

第四场

［三年后，师古堂，轻缓悠闲的音乐轻轻起。

马青霞　积生，谢谢你这么多年你帮我把铺面管理得井井有条！

积　生　少奶奶，我的命都是你给救的，为你做事我觉得是理所应当的。

马青霞　积生，我想和你商量商量再支一笔钱。

积　生　少奶奶你说！

马青霞　我想把我们家的后花园拆了。

积　生　要拆后花园？拆了何用！

马青霞　能不能建一所女子学校？

积　生　女子学校？

马青霞　建议如何？

积　生　没听说过！

马青霞　我们建一个专门的女子学校，把受几千年压迫的女同胞们集合在一起，教她们学点什么！呼吁她们为社会多做点什么！

积　生　少奶奶的想法超前，我听少奶奶的便是，只是……

马青霞　说无妨。

积　生　那个马二每天在铺面附近来回晃悠，少奶奶还是防着点好。

［桃花手捧桃花上，看到青霞和积生忙把花儿藏到身后，匆匆下。

马青霞　这个桃花怎么了？

积　生　马二这两天一直和桃花在一起，很是亲密，我怕是刘仲堂使的计，少奶奶还须提醒让她小心！

马青霞　待我问问便知。

［家人上。

家　人　少奶奶，门外有客人求见！

马青霞　让他进来，积生，你下去领赏去吧！

积　生　谢少奶奶。

［积生下，客人上。

马青霞　你好，请问你……

［客人摘下礼帽。

张广生　霞妹！

马青霞　广生哥，怎么是你？

张广生　是我！

马青霞　只是说从日本派来一个同盟会骨干，没想到是你？

张广生　霞妹，孙文大哥让我代他向你问候，你过得还好吗？

马青霞　（唱）一句问候暖心田，

谢谢大家把我记心间。

从日本回来到中原，

转眼就是三四年。

几年中原快沦陷，

转眼亲人要离散。

终于等到这一天，

不禁让我泪襟沾。

驱除鞑虏在眼前，

随时听从他召唤。

张广生　这次回国孙文大哥一再叮嘱我，一定要保护好你的安全，配合你的工作。

马青霞　孙文大哥不相信我的能力？

张广生　不，他是怕你赴秋瑾的后尘。

马青霞　为革命抛头颅，洒热血我早就准备好了！

张广生　干革命也不光有这种思想准备，我们也一定要有胜利的把握才行。

马青霞　知道了！

张广生　全国各地的同盟会，都受到过你的资助，才发展到这个地步，辛亥革命更离不开你，你一定要看到革命的胜利！

马青霞　我会的！

张广生　首先我们要建立一个作为这次革命行动的联络点。

马青霞　联络点一定不能建立在这里！族人看我看得紧，被他们发现了恐怕会节外生枝！

张广生　想不到你活得真的不容易，我真想替你分担。

马青霞　一个人生活确实有点儿难！

张广生　等革命胜利了以后，我……

马青霞　什么？

张广生　我想……

（唱）一个女人生活实在难，
族人觑你钱财许多年。
你应付族人还得照顾铺面，
把自己的钱为革命捐献了数不清的钱。
救贫困大众好事做了几千件，
这些年你变得越来越勇敢，
我敬霞妹疼霞妹只能在心间。
十年前没能把你娶回家我心也愧惭，
现如今机会又摆在我面前。

我想为你吟诗作画来磨砚，
我想为你添衣盖被来做饭。
可这心事在心底翻几番，
你有家财万贯万亩良田。
我和你已不比十几年前，
你是富人我和你差距太远。
把心事说出来不怕你指点，
就看霞妹的意思我能成全。

（白）霞妹！

［青霞缓缓地站起来，遥望远方，另一表演区，远方出现两棵缠绕的葛藤与国槐。在龙抱槐下，出现童年时期的马青霞和张广生。二人同在树下比赛吟诗。你说上句我接下句，难分伯仲，比得累了，就吃小点心，你喂我一个，我喂你一个，二人在九门相照的马家庄园里嬉戏打闹。

幕后唱　五彩绳，两头拉，
跳起红绳过家家。
一四七，二五八，
青霞青霞快回家。
我见青霞乐开花，
全家幸福笑哈哈。

马青霞　（唱）想起童年泪难忍，
往事如潮涌上心。
青梅竹马没成一家人，
情投意合错过了婚姻。
想当初我嫁给刘耀德，
没想到他过度吸食鸦片一命归阴。

从此青霞风雨里长年奔，
为支撑家产把牙关咬紧。
我不比别人差不比别人笨，
比我弱的都是我亲人。
亲人受苦受难家境贫，
亲人没吃没穿我怎忍心。
把家产接济亲人竟有人不允，
他们不允我偏要来做这观音。
跟着二哥考察学务去了日本，
见了世面学了知识丰富了内心。
日月如梭匆匆逝，
找到了精神寄托也耗尽了青春。
（白）广生哥，终事大事不是没想过。
（唱）人生的好光阴已错过，
我只想从此孑然一身度光阴。
没想到遇到童年的知音，
这枯木竟然也能逢春。
待革命胜利那一天，
你我才能把旧梦温。
到那时我们齐心协力，
共把握新中国的命运。

张广生　霞妹！等革命胜利那一天也是我们幸福的开始。

马青霞　广生哥！

［二人情不自禁拉手，刘继从一旁闪过，二人尴尬地忙分开。

［切光。

第五场

［光启，桃花提着篮子急匆匆地上。

桃　花　（唱）桃花桃花心里笑，

马二哥哥对我好。

不经意爱情来到，

提起马二乐陶陶。

他人忠厚老实不花哨，

有心随他又怕小姐知道。

怕小姐知道此事把我小瞧，

为此事让桃花把脑汁绞。

日后还得把小姐靠，

该如何禀小姐让她许下这门亲事才好。

［坐下，手托腮思考，马二上，猛地捂住桃花眼睛。

马　二　（唱）我悄悄地蒙上你的眼睛，

让你猜猜我是谁！

桃　花　（唱）从 Mary 到 Sunny 和 every，

我就是不喊你的名字。

马　二　那让我看看篮子里有什么好东西！

桃　花　给，杏儿！

（唱）你一个，我一个，

酸酸杏儿给哥哥。

马　二　（唱）我一个，你一个，

花儿不吃为什么！

桃　花　（唱）哥哥吃了身强健，

妹妹心里才快乐。

马　二　（唱）妹妹吃了歌声甜，

甜得哥哥笑呵呵。

桃　花　（唱）哥哥时时想妹妹，

妹妹处处想哥哥。

哥哥……

马　二　（唱）妹妹……

合　　　（唱）妹妹……

哥哥……

二人合作心一颗！

［二人拥抱。

桃　花　时间到了，我得马上回家！

马　二　再待一会儿吧！

桃　花　不行，小姐娘家广生哥来了，急着用水果。我回去了！

［二人依依不舍，刘仲堂上。

刘仲堂　嘿嘿嘿！本事不小呀，自己能钓上大鱼了！

马　二　平时老爷教导有方！

刘仲堂　放肆！

马　二　不敢！

刘仲堂　亲热了一大会儿，拿来！

马　二　什么！

刘仲堂　情报！

马　二　情报？没有。

刘仲堂　大胆，蛛丝马迹也算交差，说……

马　二　桃花急着回去给客人准备水果，这算不算情报呀！

刘仲堂　是狐狸总是要露出尾巴的！走，带路！

马　二　去哪儿！

刘仲堂　县衙！马青霞，上次从日本回来你做的好事，别以为我不知道，这一次，哼哼！

（唱）猫捉老鼠玩不够，

且看我加油添醋。

添醋加油，

我送你进大牢。

［切光。

［光启，两衙役上。

衙役甲　（念）太爷传令，前去缉拿马青霞，

衙役乙　（念）理由牵强，说她败坏门风差。

衙役甲　（念）理由荒唐，乱搞男人心太花。

衙役乙　（念）我看算了，咱俩都受恩于她。

衙役甲　（念）我看也算了，我俩怎能去捉菩萨？

衙役乙　（唱）要是捉了菩萨，

我们还不得被乡亲们杀！

衙役甲　（唱）要是不捉她，

咱俩就得把饭碗砸。

衙役乙　（白）那咱们见到马菩萨，态度好点儿，语气温柔点儿，把情由给她一说，想必她会理解我们。

衙役甲　（白）态度好点儿，语气温柔点儿，菩萨会理解的。到时候也不用怕乡亲用唾沫把咱俩砸。

衙役乙　那就走着。

衙役甲　走着。

衙役乙　走着走着就到了。你敲门！

衙役甲　你敲门！

衙役乙　好，老规矩，剪子包子锤！（二人比画，甲败）

衙役甲　命苦！

衙役乙　命苦不能怨政府。

衙役甲　点儿背！

衙役乙　点背不能怨社会，敲吧你！

[甲敲门，桃花上。

桃　花　来了，来了！（开门）你们找谁！

衙役甲　马菩萨。

桃　花　有何事？

衙役乙　先让我们进去，方便说话。

桃　花　小姐，有客人！

衙役甲　把咱看成客人了。

衙役乙　抓她的事更不好开口了。

[马青霞和张广生上。

衙役甲　见过马菩萨。

马青霞　桃花，看茶！

衙役乙　甭客气了菩萨！

衙役甲　你再看茶俺俩就更张不开嘴了。

马青霞　二位请说！

衙役甲　俺家县太爷让俺俩给你捎个话，想让你去县衙走一趟。

马青霞　去县衙？何事？

衙役乙　因为他！

[指张广生，马青霞和张广生一惊。

马青霞　因他什么？

衙役甲　因他想当刘继他后爸！

马青霞　此话怎讲！

衙役乙　有人向县太爷告你，说你想把他们刘家的财产转移，弄一个情人！

衙役甲　（指张广生）他傍了一个大款！

马青霞　是不是刘仲堂告我的状！

衙役乙　菩萨料事如神！

马青霞　我所做之事够得上犯罪？

衙役甲　基本上可以定性为：在本族人不知情的时候，携款潜逃！

衙役乙　所以我俩特请马菩萨走上一遭！

马青霞　这事他怎么会知道！

衙役甲　刘仲堂身边那个小仆人知道！

马青霞　噢！（看桃花，桃花心虚低头）

衙役乙　菩萨我们走吧！

马青霞　我就走一遭，二位官爷！

衙役甲　不敢，我们也曾受恩于马菩萨！

衙役乙　惭愧，今天到你家实属无奈。理解万岁！

马青霞　二位官爷，我还有话交代家人。

衙役甲　菩萨，尔等先行告退。（二人退下）

马青霞　桃花，马二怎么知道广生哥来我们家。

桃　花　我……我……

马青霞　不要怕，我没有其他意思，你都跟马二说了什么！

桃　花　没说什么……只是他看到我篮子里的杏儿问我，我说家里来客了。

马青霞　还给他说什么了！

桃　花　什么也没说，只是……

马青霞　说没说我们祭奠秋瑾的事儿！

桃　花　小姐，这事儿我一字儿也没说！

马青霞　其实我早就应该告诉你，小心提防点儿刘仲堂身边的那个马二。

桃　花　小姐，马二并不跟他的主子一样。

马青霞　什么也别说了！

张广生　霞妹！

马青霞　广生哥，你们在家好好的，我去会一会县太爷。

张广生　不会有事吧？

马青霞　见机行事吧。只要我们的事没事，就是背上这个罪名又如何！

桃　花　小姐！都是我害了你……

马青霞　桃花，我不在家，你好好地照顾少爷，好好地把家里的客人照顾好！

桃　花　小姐！

马青霞　我走了。

[切光。

[光启，桃花上，马二追上。

马　二　花儿，花儿，你听我解释！

桃　花　你解释什么！

马　二　花儿……

桃　花　要不是你我家小姐也进不了大牢！

马　二　（唱）无事生是非，

平地起风雷。

一句话儿将你家小姐毁，

我自作聪明成罪魁。

马二啊马二，

后悔不迭心惭愧。

马　二　花儿，你说让我怎样做才能让你家小姐出来。

桃　花　你跟我去县衙，向县太爷说明你所说之事都是你编的瞎话，然后离开你的主子，投奔我们家小姐。

马　二　离开主子，投奔你家小姐？

桃　花　对，只有这样，咱俩的事儿才有希望。

马　二　也是，我家主子一天到晚盯着少奶奶的万贯家产，我要是一直在他身边，指不定还会做出什么事来。我这跟你去给县太爷说明情况。

［二人下，刘仲堂上。

刘仲堂　哈哈哈，玩了一圈儿，我终于扳回来一局。心情真是好哇！

（唱）人生就是狩猎场，
从来蛮横欺善良。
你强你是一头狼，
你弱你是一只羊。
是狼就要来吃羊，
是羊就要来喂狼。
羊来了，
我要变回一头狼。

［马二上。

马　二　老爷！

刘仲堂　马二，这次你干得不错，老爷有赏。

马　二　我看算了吧，最多也就是赏个白馍馍。

刘仲堂　怎么，白馍馍你都看不到眼里了，活得不耐烦了吧！

马　二　老爷，给你说件活得更不耐烦的事儿！

刘仲堂　说！

马　二　我……我要走了！

刘仲堂　走了？！

马　二　走了。我……要去找我的心上人了！

刘仲堂　马二呀马二，都到这个地步了，还去找桃花那个小婊子？现在你就是一头狼，她就是一只羊，羊落狼口喽，怎么样，老爷我做得漂亮吧，跟着我干，你就等好好地享受这只羊吧！要是离开了我，可是什么都没有啰！

马　二　老爷，你还不知道呀，人家少奶奶早就回家了，毫发无损。

刘仲堂　回来了？

马　二　你斗不过人家，人家朝廷里有人。

刘仲堂　那你……

马　二　我也要投奔少奶奶了，跟着你顶多赏我一个白馍馍，跟着少奶奶，她赏一个花媳妇儿。

刘仲堂　马二，你不愧和她是一个老马家呀，做事都怪绝呀。

马　二　老爷，这都是跟着你学的，告辞！（下）

刘仲堂　（唱）鸡把狐狸咬，

耗子要吃猫。

乾坤颠倒，

仆人把主子炒。

马青霞呀马青霞，

有我在你定会大祸滔滔。

（白）我和你势不两立。

［切光，光启，雄浑深邃、庄重的师古堂。

马青霞　广生哥，开封那边的大河书社进展如何？

张广生　只等孙文大哥一声令下，全国的辛亥革命就要打响了。

马青霞　这次要不是二哥上下活动，只怕我现在还在牢中，我看县衙那边好像已经注意我了，我们要快，不等他们抓住任何把柄我们就得把革命的枪声打响。

张广生　你放心，一有消息我们马上行动。

马青霞　我们动身吧，现在就去开封。

张广生　不，霞妹，这里也是我们的根据地，那边有我就行！

马青霞　你小看我？

张广生　霞妹。

（唱）不说小看不小看，

共担忧患心相连。

干革命无悔无怨，

荣与辱，危与安，生与死，贵与贱，

寸步不离你身边。

魂断他乡心也甘，

今日战比不得往日战，

不用你亲自挂帅到阵前。

你在这里镇守家园，

万一革命失败我们投奔你也好有个靠山。

马青霞　革命的枪声还没有打响你就考虑退路了？

张广生　各个方面都得考虑，时间已经不多了，我得走了。

马青霞　慢！你把马二和桃花都带走。

张广生　把他们带走？

马青霞　江浙一带革命惨遭失败，就是因为没有把群众发动起来，那些愚昧的乡亲用馍头蘸着革命烈士的血当药引子卖钱，我们一定要痛记这些惨重的教训。马二和桃花婚事刚办完，这两个人完全可靠，那边一有什么事速让他们给我捎信。

张广生　好！霞妹想得太周到了。

马青霞　我这就让他们收拾随你前往。

张广生　好。

[切光。

[另一表演区，刘仲堂手拿西洋的望远镜在窥视着这边的动静。

[随后枪声、炮声、人的呼声，几个身带重伤、满身血衣的革命者匆匆地进入到师中堂，刘仲堂一边拿望远镜看一边用笔记着人数。

第六场

[启光，师古堂，马青霞坐立不安，积生奔上。

积　生　少奶奶！

马青霞　打探清楚了没有？

积　生　都被官府抓住打入大牢了。

马青霞　打入大牢！

积　生　即日问斩！

马青霞　砍头？！（欲晕，被积生扶住）

积　生　少奶奶，我们该怎么办呀！

马青霞　不惜重金一定要把他们给救出来。我这就修书给二哥，让他帮忙。

积　生　是！

[敲门声，刘仲堂领着家族的十几人向师古堂涌来。众人急敲门。

一族人　开门，开门！（青霞开门）

马青霞　不知叔叔伯伯到此，青霞有礼了！

刘仲堂　免礼！怎么家里就你一人，你的桃花和马二那两只狼和羊呢？

族　人　嗯？狼？羊？

刘仲堂　我是说你家的丫环仆人呢！

马青霞　叔叔是找丫环仆人呢，还是来找青霞呢！

刘仲堂　刘继出来，今天这个家族大会你也要参加。

[略显单薄的少年刘继上。

马青霞　怎么，要开家族大会，开家族大会理应在祠堂召开，怎么今天开到我家里来了？

刘仲堂　一会儿你就知道了！

马青霞　今天青霞身体不舒服，我们能不能晚些开会？

刘仲堂　怕是正在为救你的情哥哥和你身边那头狼和羊急昏了头吧！告诉你，想救他们门儿都没有，今天也正是要开会的主要原因，你哪月哪日干什么，哪日你收留了几个身穿血衣的革命党，我这小本本上都记得一清二楚。你说这事儿是公了还是私了？

马青霞　公了如何？

刘仲堂　公了，就是把你再次送入大牢，叫你也尝尝被砍头的滋味！

［族人一听说砍头都用手捂住了眼睛，不敢看马青霞。

马青霞　私了呢？

刘仲堂　私了嘛！呵呵呵！

马青霞　就是让我把手里的财产交出来？

族　人　对，交出来！

刘　继　你们不能这样对我娘。

刘仲堂　刘继，你可是刘家人！

刘　继　你们不就是看中了我们家的钱吗？

刘仲堂　刘继，你可知今天为什么把族长都给请到你家，我们可是要深刻地剖析剖析你娘，看看她这么多年都做了哪些好事。

刘　继　我不听，不听！（手捂耳朵）你们给我出去！出去！

马青霞　儿啊……既然他们要说，就让他们说吧！

刘仲堂　好，那我一件件说来！

族　长　捡最近不知道的说，别把那些陈芝麻烂谷子的事儿再拿出来晒了。

刘仲堂　最近的事也是她最致命的事儿，说出来就能把她踩在脚下。

族　长　说吧！

刘仲堂　族长、哥哥弟弟们，你们听我说——

（唱）千言万语心头涌，

今天我要说说马青霞。

远的不讲就说眼前，

她要给刘继找后爸。

族　人　啊！

刘仲堂　（唱）找后爸的目的很明显，

就是想把我们刘家的钱来拿。

他俩在这个家里还勾勾搭搭，

有刘继作证我一点儿也不夸大。

刘继，他们在你家是不是搂搂抱抱？

刘　继　这个！

族　人　说实话！

刘　继　只是牵牵手而已。

族　人　丢人。

[马青霞惊坐在椅子上。

刘仲堂　（唱）我接着来把她来夸，

她她她……

她勾结革命把家的钱来拿。

这次开封起义，你们眼前的这位马女士就是头头儿，可惜这次失败，要不她这会正意气风发呢，这事要怪罪下来，可是要诛灭九族的，在座的各位可都逃脱不了砍头啊！

族　人　砍头！（众人抱头）

族　长　别吓唬他们，说个解决问题的办法！

族　人　是啊，得保住我们的头啊！

刘仲堂　（唱）营救你们刻不容缓，

它也不是没有办法。

族　人　快说啊！

刘仲堂　能救大家的只有刘继！

刘　继　我！

刘仲堂　是，反正她也不是你亲娘，只要你和她脱离母子关系，让她净身走出刘家的大门，你这些叔叔大爷们的命就能保住了。

族　人　刘继，你答应吧！

[众人围住刘继一直在说个不停，最后刘继崩溃，马青霞不忍。

刘　继（唱）雷声响，暴雨狂，

马青霞（唱）天地旋，五内伤。

刘　继（合）雷声响，暴雨狂，
虽说不是我亲娘。

马青霞（合）雷声响，暴雨狂，
非我亲生我亲自养。

刘　继（唱）不是亲娘胜亲娘，
儿不要娘真是太荒唐。

马青霞（唱）亲生没有养生长，
亲娘今日别儿郎。

你们不要逼他了，我答应！

刘仲堂　这兵荒马乱的，指望你二哥怕是指望不上喽！（拿出一张纸）烦请三小姐在这张纸上画押签字。（众人退下）

刘　继　娘！

马青霞　继儿！（母子抱头恸哭）

（伴唱）情切切唱一支摇篮曲，
意绵绵难诉说母子情。
眼看着儿一天天在成长，
儿要长成男子汉铁骨铮铮。

[积生急上。

积　生　少奶奶，马上就要问斩了！

［空旷的舞台连续响起："问斩！问斩！"马青霞跌坐于地，切光。

［幕后："河南省尉氏县刘氏马青霞，因乐善济世，广建学堂，为我民国立下了不可磨灭的功劳，在马青霞女士的强烈要求下，今我冯玉祥大将军接受马青霞的全部家产，家产所用民国建设，特此通告。"

［光启。马青霞身穿素衣，手挎包袱，缓慢地走向九门相照悬挂"马氏家园"的娘家马家庄院。

［马青霞回望微笑，切光。

——剧终——

注：此剧获2010年河南省第五届优秀剧本征集提名奖。

大型现代戏

野牯岭

时　间　当代。

地　点　山村野牯岭。

人　物　陈志鹏　二十三岁，大学生回乡创业。

志鹏娘　五十多岁，野牯岭村民。

李玉山　五十八岁，野牯岭李姓掌门。

王大刚　四十五岁，野牯岭王姓掌门。

李小萌　二十二岁，李玉山女儿，野牯岭小学教师。

李玉柱　李玉山胞弟，野牯岭村民。

王新忠　王大刚二叔，野牯岭村民。

石大伯　六十多岁，野牯岭村民。

爱　菊　王新忠妻子，野牯岭村民。

马乡长、干事、野牯岭村民及游客若干。

序

[音乐起。

[浓郁地方特色的女声民歌起。

女　声　（唱）野牯岭，山重重，

风过雨过雁不停。

麻雀飞来转三转，

公鸡生来不打鸣。

第一场

［幕启，平台位置在四点方向。

［石大伯用铁锤、铁钎子在打石阶，不时传来叮当叮当的声音，两三个孩子拿着书本站在他身旁。

孩子甲　石大伯，你说咱村的公鸡为啥不打鸣呀？

石大伯　那你说哩！

孩子乙　叫我说呀，是咱这儿山太高了，沟太深了。

孩子甲　石大伯，你以前在外面走南闯北！就没打听打听这是咋回事儿！

石大伯　这！你还别说，我还真没操这个心，怪了！公鸡不打鸣？等你们长大以后就知道了！

［石大伯隐去。王大刚上，村民乙跟上，王新忠从反方向上。

王大刚　新忠叔，事儿办得咋样？

王新忠　等炮声一响，我就把马乡长引到后山坳，你就等着看好戏吧！

王大刚　好！等炮一响，就叫咱的人来村头开会。

王新忠　中，我这就挨家挨户通知。大刚，高招，恁叔算服你了！

［村民应声跑下。“轰隆隆”炸山炮响。幕后人喊“后山有人放炮了！”。王大刚上，众人跟上，王新忠上，众人登高观望。一部分王姓和李姓村民上。

村民丁　咋回事儿？咋回事儿？这是谁在后山放的炮啊？

村民丙　还用问，肯定是他们姓李的？

王新忠　县里禁止开山采石的布告贴得满村都是，他们没看见？哎，这明摆着是欺负咱姓王的老实啊！山要开两家一块儿开，要不开都不开，谁也别想吃独食！

众村民　对，谁也别想吃独食。

［村民甲跑上。

王大刚　咋样了？

村民甲　他们刚放炮就被马乡长抓了个现行，人都被带回来了，正朝这边来呢？

王大刚　嘿嘿嘿，李玉山呀李玉山，今天你就等着哭爹喊娘吧！

［马乡长及干事上，李玉山、李玉柱二人拿安全帽上。

［李玉柱一脸不服，李玉山冲他使眼色，自己忙给领导递烟。

李玉山　马乡长，今天这个事儿我们确实不对，你多担待！你看，我们那些吃饭的家伙……

马乡长　工具不仅没收，还要追加罚款！

李玉山　不能呀！马乡长，我向你保证，以后我们再也不干了，可千万别罚我们钱呀！

马乡长　李玉山啊李玉山，还有你李玉柱，上边三令五申叫保护环境，恁俩为自己的腰包鼓就不顾大家的利益？这回要不是接到群众举报被我抓了个现行，还不知道你们折腾成啥样哩！

李玉柱　举报？！哪个鳖孙举报的？缺了八辈子德了！（李玉山忙拉李玉柱）马乡长咋，你不服气是不是！

王大刚　我说玉柱，话别说这么难听嘛！

（唱）好汉做事好汉当。

你自摔跟头休赖人，

要我看——举报开山不缺德，

独吞浮财才昧良心。

李玉山　王大刚——

（唱）打掉门牙肚子咽，

今天倒霉我自认。

李家事外人少多嘴，
别咸吃萝卜淡操心。

王大刚　好好好，我不跟你一般见识，不过，你可别觉得我怕你！

李玉山　姓王的，我怕你？

［王大刚和李玉山对峙。

马乡长　哎，恁较劲儿了不是？通知全村，开会！

干　事　（登高招呼）野牯岭的父老乡亲们，开会喽！

［爱菊上，凑在王新忠身边。部分村民上。

爱　菊　老头子，听说是审判大会，到底咋回事儿啊？

王新忠　别说话，看戏耍了。

［马乡长清清嗓子，开始讲话。

马乡长　乡亲们，今天我来咱村本来是组织大家重新选举新一届领导班子的，还没到村就逮着李玉山他们一伙儿开山炸石。

王新忠　开山炸石，逮一罚十！（王姓村民呼应）

李玉柱　（手拿铁锹）我看今天你们是骑到俺头上拉屎，欺负人了不是，我看谁还敢再叫，叫！叫！叫！不要命就喊！喊！喊！（被众李姓人拉住）

马乡长　咱们村这几年大小事不断，实话说，好事不多，坏事不少，因为啥？就是因为个别人的头难剃！今天，我到这里来的主要目的，就是要解决咱们野牯岭村委会班子的问题……

王新忠　（插话）哎，不是说要开审判会么？咋？私自开山这事就不提了？

李玉山　都别说，听领导讲。

马乡长　今天呐……

李玉柱　（抢话）我看这样吧，全村的老少爷儿们都来了，我们还是开始选举吧，我选俺哥——李玉山当咱村的一把手！同意的举手！（指着本姓人）你、你、你……

［李玉山起立冲大家鞠躬，大家笑议，会场嘈杂。

王新忠　哎呀，自己屁股上的屎还没擦净哩，就想这好事？要这着弄，那我推荐俺侄儿——王大刚。

爱　菊　（举双手）我同意！咱姓王的都举！

［王姓村民举手，王大刚起立向大家点头示意，并分撒香烟。

中立村民　大刚，给我 10 块钱我肯定选你！

中立村民　我 5 块，给我 5 块我就投你一票！

［众人笑，会场顿时一片混乱，极不严肃。

马乡长　好了！严肃点儿！看你们一个个的态度，就是让你们选，你们也选不出野牯岭的带头人。

［众人平息。

马乡长　有人向我推荐大学生陈志鹏，说他想法超前脑子灵，我觉得陈志鹏是个最佳的人选，大伙觉得怎么样！

王新忠　大刚，咋回事儿，今天说这事儿不是非你没跑了吗？咋这半路杀出个陈志鹏呀！

爱　菊　（撇嘴）陈志鹏肯定不中，他才断奶几天呀，我看王大刚……

李玉山　我赞同马乡长的意见，陈志鹏就是最佳人选！

李玉柱　哥，哥，你气糊涂了！

李玉山　今天咱栽到他王大刚手里算我们倒霉，先找个填憨的，总比叫他王大刚得逞了强。

李玉柱　我也赞成选举陈志鹏，（向李姓人示意）同意赞成陈志鹏的举手。（大伙儿纷纷响应）

王新忠　我看你们也就是满天地里烤火一面热呀，人家志鹏愿意不愿意哩，你们就拃上啦，再说了，他刚从学校毕业，有啥经验！

村民甲　陈志鹏大学生毕了业来农村是咋想的，放着好地方不待来这儿穷山沟！

村民乙　小孩子家？屎皮还没褪哩，会干啥？！

村民丙　你别说！人家陈志鹏在外面上了几年学就是不一样，你知道人家的蛋买多少钱一斤？

村民甲　多少钱！

村民丁　10块钱，还是批发价。

村民丙　乖乖！

王新忠　乡长，这村里班子早就散了，俺野牯岭总不能让他一个毛孩子领导吧！

马乡长　以前的班子成员都还在，就叫王大刚和李玉山先暂时协助陈志鹏工作。大伙儿没啥意见就投票，记住，王大刚和李玉山只能协助工作，不参与今天的投票。通知当事人和大伙儿见个面，志鹏、志鹏来了没？

［众人投票，陈志鹏上。

陈志鹏　来了！来了！玉山叔、大刚哥、爱菊婶、石大伯、王大娘、乡亲们。

［陈志鹏和乡亲们见面。

李玉山　志鹏，你那养殖场建得咋样了？

陈志鹏　快好了！

王大刚　志鹏，你那鸡和鱼走得咋样，要是不好，回头放我小卖铺里我替你卖！

陈志鹏　谢谢！

马乡长　现在，就请咱们的陈志鹏同志发表就职演说！

陈志鹏　我……嗯……

马乡长　说呀，看你，说呀！

陈志鹏　马乡长，你看俺玉山叔开山炸山的事儿，能不能先不罚钱！（众哄笑）

马乡长　志鹏，让你发表就职演说哩，你说这干啥！

陈志鹏　呵呵，马乡长，这都是乡里乡亲哩，我保证俺玉山叔往后再也不会开山炸石了！你说是不是玉山叔？

李玉山　你……那是，那是！

陈志鹏　马乡长，你看……

马乡长　这样吧，工具我先拉走，罚款的事以后再说。今天这个投票过两天再公布结果，志鹏村里的事儿就先交给你了。散会！

[志鹏娘暗上。李玉山、李玉柱和王大刚、王新忠围着马乡长争着反映情况。

马乡长　干什么？有问题去找你们的领导反映，我工作很忙，走啦！

[李玉山、李玉柱撵着马乡长下，马乡长带干事匆匆下。

王大刚　志鹏，我导哩一场好戏，让你给我搅黄啦，你这头一出唱哩真不简单呀！哈哈哈！

志鹏娘　志鹏，你，你给我回家！

[定格，光收。平台顺时针旋转至 10 点方向。

第二场

[陈志鹏家，母亲忍气收拾陈志鹏的东西并往包里塞。

陈志鹏　娘！

志鹏娘　你长大了，翅膀硬了，啥事儿都能自己做主了！

陈志鹏　娘，当村干部这事没给您说，我是想给你一个惊喜。

志鹏娘　你这惊喜，我这当娘的受用不起！

陈志鹏　娘，我知道你一直想叫我在城里打拼一番事业，可是……

志鹏娘　志鹏！

（唱）我的儿你是傻还是癫？

明摆着人家设套叫你钻。

娘为你吃苦受累图个啥?
不是叫你一辈子待在深山。
你只说回家创业把经验攒,
我权当你年少无知说着玩。
谁料想你还要把村主任干,
你太不知村中事深深浅浅。
李王两大姓都想把好事霸占,
你争我夺头破血流天天年年。
你经验少又不会左右逢源,
得罪人又求人可知那有多难。
我不想看你漩涡激流苦撑船。
走走走明天你就给我走,
到城里宁可去和泥搬砖。

陈志鹏　娘，这事说不定我能干好。

志鹏娘　这儿也是难，那儿也是难，在城里作难总比在家里作难强!

陈志鹏　我……不去!

志鹏娘　（气）好好好……
（唱）任凭我苦口婆心把你劝,
你就是死不掉头直往前。
看起来小冤家是打定算盘。
走走走——
只要你在村里就别到我跟前!

［志鹏娘忍泪，抱起被子塞在儿子怀里，然后推志鹏出门。

陈志鹏　娘!
（唱）当年我考上大学进了城,
踌躇满志似鲲鹏。

谁料毕业恰逢就业难，
前路坎坷步难行。
我也曾招聘会上散发简历，
我也曾毛遂自荐尝试打工。
那城里人多机会少，
岗位饱和难扩容。
无奈何也只有另选出路，
回村创业好重新规划人生。

志鹏娘　哦，你规划来规划去就规划了个这？

陈志鹏　娘，我知道你对我期望很高，我回村创业让你失望了，可我来这儿可不单单是为了欠人家钱和当这个村主任，咱野牯岭的公鸡从来不打鸣，为啥呀！这一直是我想知道也是我毕业回村的原因！

志鹏娘　你就为了这个回来的？

陈志鹏　娘，这个问题你一直没有给我一个满意的答案，我长大了，我要自己找答案！

志鹏娘　儿哪！让他姓李的和姓王的协助你，那他们可真就把你给挟住你了，我咋想咋不中，我好不容易把你供出来说啥也不能摊上这活儿。咱不干！你要是觉得脸上难看，娘去给他们说！我现在就去！（说着说着就走）

陈志鹏　（拦）娘……我想试试！

志鹏娘　不中！

[李晓萌上。

李晓萌　志鹏哥，我们学校……（喘气）

陈志鹏　学校咋了！

志鹏娘　你快说呀！

李晓萌　我们学校的房子快……快塌了！

陈志鹏　孩子，孩子们怎样……

李晓萌　乡亲们把孩子们都转移出来了，有一个受了轻伤，志鹏哥，房子马上要倒了……

陈志鹏　快，去看看……

［三人急下，切光。

［光启，平台旋转中石大伯和孩子们自下场门上。

孩子甲　石大伯，那时候我可羡慕俺志鹏哥考上大学。

孩子乙　要是都像志鹏哥这样上了大学还回来，那上大学还有啥用！

石大伯　那可不一样，路是靠人走出来的，这大学生回村创业可不是像当年的知识青年上山下乡，咱们村儿就需要恁志鹏哥这样的人来，你可别小看他！说不定恁志鹏哥能让咱村的公鸡打鸣呢！

孩子甲　真的，志鹏哥有恁大本事？

石大伯　不信，你们就等着瞧。

［光启，村委会，王大刚、李玉山二人分坐沉默，陈志鹏看着他们也不作声。

陈志鹏　（忍不住）你们俩啥想法？说说呗！

［二人依旧沉默。

陈志鹏　作为村民代表，你们俩又协助我的工作，你们总得表个态吧？

王大刚　盖学校是公家的事儿，那乡里就没一点儿支持？

陈志鹏　我刚才不是说了嘛，乡里一分钱也拿不出来，要我们自行解决，要不我能叫大家捐款？

李玉山　你号召捐款，俺也不是没捐，还说啥？

陈志鹏　哎呀！

（唱）你说捐，也算捐，

分分毛毛零碎钱。

恁姓李的捐了八块七，

恁姓王的捐了九块三。
加在一起十八元，
恁说能买几块砖？
门窗梁檩还照旧，
都按义工也得管饭。
学校不大三间房，
再算那也差得远！

王大刚　就这，俺还比他那边多一块六哩，再说了，要捐也该他多捐。

李玉山　凭啥？

王大刚　凭啥！恁闺女是学校老师，你捐得再多也是给恁闺女的！

李玉山　咋！恁姓王孩子就没在学校上学？！

陈志鹏　好！没用的话咱都不说，就说这事儿咋办！要不恁俩再下去动员动员！

王大刚　我动员不了。

李玉山　你是村主任，要动员也该你动员。

陈志鹏　别人不清楚，恁俩还不清楚？我这个主任只是个空架子，还是个代理的，在野牯岭真正有群众威信的是恁俩，不依靠恁我依靠谁呀？

李玉山　知道自己是个填憨的就中！

陈志鹏　（靠近）玉山叔，这修学校是个光彩事儿，你要是不出头，野牯岭可就没人出这个头了！（低声）再说，你以前私自开山的事在群众中影响不是很好，眼下正是个机会！学校建好，我跟领导一汇报，乡里说不定就把没收的东西还回来了。

李玉山　（想想）那中！我去动员。可他也得捐，还不能比俺捐得少！

陈志鹏　这你就放心，他们捐少了我还不愿意呢！

[陈志鹏走近王大刚身边。

陈志鹏　人家那边可答应了，咱这边要是不动……

王大刚　志鹏，你别给我用激将法，不管用！

陈志鹏　那你总得表个态吧？

王大刚　一个字——捐！

陈志鹏　好！（激动地，低声）大刚哥，关键时刻，还是你肯帮我呀！

王大刚　别！我不为你，也不为公，我为孩子，我为我自己！

陈志鹏　既然这样……那好，咱就赶紧准备吧。

李玉山　收完我就把钱送到。（出门）

王大刚　对了，志鹏，我还有个事……

陈志鹏　（急忙）大刚哥，有啥事尽管说！

王大刚　没啥事，就是不想跟他一路！

［出门下，陈志鹏望二人背影，摇头。

陈志鹏　（唱）我的心火窝，

他俩也是满肚火。

这事不好做，

万事开头难在头三脚。

为捐钱他们去忙活，

看我如何把二人往一块儿和。

［切光，暗转村委会。

［王大刚搬一箱酒上，直接进屋放下。志鹏在记笔记。

［王大刚从一个口袋里摸出一盒烟让陈志鹏。

王大刚　给！

陈志鹏　大刚哥！不吸。

王大刚　兄弟，这可是我出去见大老板才用的，这可是好烟，一根好几块呀！

陈志鹏　大刚哥，我真不吸！

王大刚　当干部了，得培养培养，你现在不吸不喝，以后招待客人啥的保管能用得着。

陈志鹏　（看王大刚放下的酒）你这是干啥？

王大刚　噢，一箱老白干，我那小卖部里剩下的，放好几年了，就放你这儿吧！省得用的时候再跑我那儿去拿了。

陈志鹏　好吧，我给你钱。

王大刚　啥意思啊？觉得我给你送礼哩不是？你就权当是我暂时借你个地方，把酒在这儿放放！中不中？

陈志鹏　那，你就放这吧！

王大刚　这就对了，好兄弟！

（唱）好兄弟你是一个聪明人，
大刚我慧眼识才认得真金。
佩服你上过大学有学问，
信任你实诚厚道知恩报恩。
咱村的情况你该有耳闻，
有些人损公肥私胡乱行。
动不动耍愣争强多吃多占，
万不能容他们再欺负乡亲。

（白）兄弟，有我协助你，你不用怕！
你掌权最符合天意民意，
从今后咱们就是一条心。

哎呀，有好多事你还不知道哩，我给你说……

陈志鹏　大刚哥，这段时间我把咱野牯岭的村里村外、前山后山跑了个遍，写了一份咱村旅游开发规划书，我还准备到省城找专家进行一次全面、深入的论证。你先看看！

王大刚　哎呀，你先听我说……

陈志鹏　你先看！

王大刚　中……

［李玉山提酒拿菜上，李玉柱追上。

李玉柱　哥，哥！咱开山的事得先跟他提，看他啥意思。

李玉山　话可以说，但现在这风口浪尖，活儿是不能干了。

李玉柱　要我说，一个小毛孩，也值得给他这好脸？没有你的协助，看他能不能找到东南西北！往后敢找咱的不是，上去捶他一顿比啥都管用！

李玉山　你知道啥？！先礼后兵我不比你懂？回去！

［李玉柱悻悻地下。

［房内，王大刚耳语毕。

王大刚　兄弟，村里也就这情况，你心里有数就中，我先回了。

李玉山　（叫门）志鹏，志鹏在不在？

陈志鹏　在，进来吧！

［王大刚急忙躲门后，李玉山进门。王大刚悄悄溜走，

陈志鹏　是玉山叔啊，找我有事儿？

李玉山　咋？没事儿就不能找你了，你上任那天在乡长面前给恁叔说了好话，今天咱俩喝两杯，说说话，恁叔得好好谢谢你。

陈志鹏　我不会喝酒。

李玉山　不会喝学学就会了！（放下酒菜，发现箱子）这是啥？（查看）呵，看来是有人走到我前头了。（对陈志鹏）不管咋着，今天我的这个酒你必须喝，不喝就是看不起恁叔！（倒酒）

陈志鹏　我是真不会喝。

李玉山　喝！喝了是公鸡，不喝是草鸡！

陈志鹏　咱村的公鸡草鸡都一样，反正都不打鸣！

李玉山　那可不一样，那草鸡还能下蛋哩！

［二人喝酒，李玉山又倒酒，再端。

李玉山　干！（见对方为难）你还认我这个叔不认？前几年，恁爹去世的时候，是我出头主的事，虽说办得不咋样，可毕竟是办了。这你都忘了？

陈志鹏　（急忙为对方倒酒）哪能啊？我不是那种人。来，我敬你！

李玉山　（喝酒）志鹏啊——

（唱）你求学出家门在外多年，
哪知道村里边丝连麻缠。
我带头开山石发家致富，
有人害红眼病阻挠再三。
虽说我这样做不合规定，
可咱们也只有靠山吃山。
不是我非要将政策违反，
实在是穷山沟难把身翻。

陈志鹏　玉山叔！（倒酒）

（唱）不要说穷山沟难把身翻，
其实咱奔小康门路很宽。
这些天我收集了许多经验，
定会有好办法代替开山。

李玉山　哎！恁叔开山开几年了，钱来得快呀……你真有好主意我绝对支持！（喝酒）不过——

（唱）能发展就发展快点发展，
万不能叫红眼病断了财源。
从今后叔协助你咱就是一条战线，
谁敢惹咱定叫他丢人现眼！

（白）过两天你到乡里，再给马乡长说说，把咱的工具给要回来。

陈志鹏　叔，以后修路少不了要开山炸石，那些工具肯定要！不过……

李玉山　好，有你这句话就行，来，兄弟，干杯！

［李玉山醉。

陈志鹏　玉山叔，你醉了，我送你回去吧。

李玉山　不用，我没喝多！兄弟，反正我还是那句话——（唱黑头）谁跟咱一事，我请他喝酒；谁跟咱对着干，我请他吃拳头！

［李玉山伸拳亮相，陈志鹏被击中，伏身捂脸。

李玉山　志鹏，别送了，我走了啊！告辞！（急下）

［李晓萌抱书本上。

李晓萌　志鹏哥，志鹏哥你咋了？

陈志鹏　没事，不小心碰了一下。

李晓萌　哎呀，血！你鼻子流血了！走，快去卫生所看看吧！

［李晓萌扶陈志鹏下。

［切光。

第三场

［光启。

［野牯岭村头。

［石大伯提篮子上。

［王大刚上，王新忠追上。

王新忠　大刚！我问你个事儿，咋？听说姓李的把村主任的头都打破了？

王大刚　没那么严重！这事咱不用管，他们闹得越凶，越方便咱浑水摸鱼。

王新忠　我还听说，这两天志鹏进省城是去应聘啥公司？找着工作就不回来了？

王大刚　瞎说！他那是去省城请专家开论证会，论证咱村开发旅游项目的事，三叔，我说你那情报都哪儿来的！

［一旁，石大伯听得生气，咳嗽。

王新忠　真的，我还听说……（二人低声）

［石大伯摇头叹息。手扶拖拉机声音传来！村民内喊："志鹏，开会回来了！"

［平台逆时针指 10 点方向。

［众村民簇拥着肩扛树苗、手拿图纸的陈志鹏兴奋地上，石大伯、王大刚急忙迎上。

陈志鹏　石大伯！大刚哥！

王大刚　回来了。

石大伯　不用说，一看你这样儿就知道又有好事！

陈志鹏　大伯，你来看，这是咱村的规划图。（指点）这是规划中直通乡里的公路，这片是生态种植园，这一片是农家乐，这山上将来还要修一条绿色景观长廊。

石大伯　（看图）好好好！真弄成了，我看咱这山沟比那城市强多了！

陈志鹏　是啊，乡亲们！

（唱）这一次去省城收获很大，

论证会请到了不少专家。

听汇报看资料认真研究，

把咱的实际情况仔细考察。

他们说咱野牯岭——遍地财宝，

一处处青山绿水都是那金娃娃。

专家们帮咱定下发展规划，

确定了大方向旅游开发。

市里面支持咱政策优先，

县里面为咱把贷款添加。

派专车运来了果木树苗，

让大山早披上绿叶红花。

众　人　（纷纷）这可太好了！

陈志鹏　乡亲们，这树苗可是县园艺公司无偿提供给咱们的，大家把树苗都卸下来，待会统一分发！

［众村民欢呼着下。

王大刚　志鹏，你先歇歇，我过去搭把手去！（跑下）

石大伯　咳，有些人面上看着怪好，可你就是不知道他心里想的啥。

陈志鹏　大伯，人无完人么！

石大伯　志鹏啊，大伯没看错你，是个干事的人！

［幕后一片嘈杂，李玉柱和王大刚相互撕扯着众村民跟上。

陈志鹏　快放开！你们俩都放开！

王大刚　（放手）放心，我不跟他动手。

李玉柱　你敢动我一指头！（放开）

陈志鹏　都是乡里乡亲的，有啥话不能好好说！到底咋回事？

王大刚　他偷集体的树苗，被我及时发现，才说他两句，哎，就急了！

李玉柱　谁偷了？谁偷了？

［众村民议论纷纷。

王大刚　当着大家伙的面，你说实话，到底偷了没有？

李玉柱　我那不是偷，是拿！

王大刚　这种人……志鹏！虽说上边让我协助你的工作，这事儿……你看着办吧！（拭目以待）

［陈志鹏看看僵持双方，来到王大刚身边。

陈志鹏　大刚，我不相信他会偷，肯定是拿！（按住才要发作的王大刚，对李玉柱）玉柱，你说是吧？

李玉柱　那是自然，他诬赖好人！

陈志鹏　玉柱，这完全是场误会——

（唱）大刚他为公家热心一片，

即便是误会你也情有可原。

这树苗需出义工按规划栽种，

相信你绝不会据为私产。

理解你昔日采石毁坏植被心存遗憾，

总想去用亲手绿化荒山。

这一次好机会来到眼前，

所以你才铆足干劲争先恐后把树苗往家搬！

李玉柱　没错，就是这！

陈志鹏　（唱）能这样将功补过值得赞叹，

全村人都期待着你的实际表现。

李玉柱　种就种，出点力怕啥？一根不落我给你都种上。咱李姓的都听着啊，按照规划，听志鹏的安排，叫种那儿种那儿，只许种活不许种死！

陈志鹏　好！（对众人）没事了，没事了，大家去把树苗领了明天上山种树！

[众人下，石大伯、李玉柱下。

王大刚　（冷笑鼓掌）看不出来，志鹏，你还真会做人啊！

陈志鹏　（笑）大刚哥，不是我会做人，大家都是乡亲，咱没必要把关系处得那么紧张！再说了，种植树苗，绿化荒山可是咱开发旅游项目的第一步，总不能因为一点小事把大事耽误了吧！咋？真不痛快了？这次就算你帮了我一把，咋样？

王大刚　帮你可以，可你啥时候也帮帮我呀！（气下）

陈志鹏　大刚哥！（笑，摇头）

[李玉山带人急匆匆上。

李玉山　咋了咋了？谁又欺负俺的人了？

陈志鹏　哎呀，谁也没有欺负谁！是李玉柱同志主动参加村里的义务植树，并要求担当重任，还受到表扬了！

李玉山　那还差不多！

陈志鹏　玉山叔，咱村旅游规划的项目马上就要开工了，你那些开山的工具我准备给你要回来！

李玉山　好啊！

陈志鹏　不过，得听我安排，叫炸哪炸哪，该开哪开哪！

李玉山　中，只要东西回来，恁叔听你哩！

王大刚　嘿嘿。

李玉山　哈哈。

[石大伯学公鸡叫。

[收光。

第四场

[光启。

马乡长　（电话）喂，志鹏啊！我把你在村里规划栽树的事给县里汇报啦……县里领导说你做得好啊！既完成了栽树的任务又维护了群众利益，还没有伤害大家的积极性，有智慧啊。县里领导说啦，基层工作就是需要大学生的新思想新观念，你们修建“绿色景观长廊”的钱就要批下来了，……啊修路的那笔款子……你再等等……再等等。

[景转村委会，整洁有序，桌椅电话，规划图醒目。

[志鹏娘拿手巾裹的饭盒上。

志鹏娘　（唱）志鹏儿打从小性格倔犟，

认准路不掉头直上南墙。
上一次动真气逼他回转，
谁料他一根筋铁了心肠。
从他当上主任就把家忘，
鸡场鱼塘全推在我身上。
谁叫这普天下母子连心，
当娘的还得去村委给他送馍送汤。

[志鹏娘进门。李晓萌正在村委给陈志鹏洗衣服。

李晓萌　婶，你来了？你快坐！

陈志鹏　（上）娘？娘！你咋来了？

志鹏娘　来看看你这陈主任，给你送两个热包子。

李晓萌　婶！你快坐！

[志鹏娘坐。

陈志鹏　娘，咱家鸡场鱼塘的活够你忙了，以后别再给我送饭了？

志鹏娘　谁叫你是俺儿啊！

李晓萌　婶儿！以后志鹏哥的饭包在我身上了！

志鹏娘　闺女，你下班了经常来帮他打扫卫生洗衣服，婶都知道，还叫你给他做饭，婶怕难为你！（李晓萌羞涩地）

李晓萌　婶！我去把这两件服晾起来。（端盆下）

志鹏娘　志鹏，我给你说，你和晓萌的事儿村里人都议论咱们家想攀她们李家的高枝哩！

陈志鹏　（忙岔开话题，亲昵地）娘！（急忙）娘，你看看我这地方环境咋样？外面办公，里面休息，哦，这是咱村的规划图，还有……

志鹏娘　再好能有家好？不过有晓萌帮你我也放心了！

陈志鹏　娘！我是真想回家住几天呐，可在这儿毕竟工作起来方便。对了，娘，刚才马乡长来电话，说我的代理村主任已经转正了！

志鹏娘　志鹏，娘问问你，你说实话——你是真想在这儿干一辈子？

陈志鹏　娘，能在城里某个一官半职当然好了，可咱不是没那机会嘛！在这儿，至少现在，我感觉能体现我的人生价值。

志鹏娘　啥价值？

陈志鹏　哦，人生价值，就是你感觉自己被很多人需要，就是，就是你的努力能给很多人带来实实在在的幸福、快乐，得到他们的承认。

志鹏娘　哦，照你这么说，地球离了你都不转了？

陈志鹏　不是那意思！娘。

志鹏娘　好好！我不管啥值不值，我就担心你！你这段干的啥恁石大伯都给我说了，听说你还要把咱家的鸡场鱼塘充公，那可是我借了好多钱再建起来的呀！

陈志鹏　娘，不是充公，是扩建，到时候把它们扩建成旅游生态种植园，欠人家的钱不但能还上还能赚大钱呢！

志鹏娘　可我这心里就是放不下，有一肚子的话想给你说啊！

［陈志鹏坐在娘身边，拿起包子。

陈志鹏　娘，你说，我听着呢！

志鹏娘　孩子！

（唱）娘不盼儿光宗耀祖发财做官，
只希望你一生平平安安。
世界上凡父母都望子成龙，
可到头来有几个凤头人尖？
想当初不是娘非把你拦，
都因为山村事并不简单。

陈志鹏　这我知道！（吃包子）

志鹏娘（唱）你知道书本上白纸黑字，
哪知道在世间做人最难。

几十年在这里我百事谨慎，
人前人后从不掺碎语闲言。
做乡邻总难免磕磕碰碰，
我都是赔笑脸委曲求全。
有好事紧人家多挑多拣，
一样事紧人家选优择先。
村里的小姓人势薄力单，
咱孤儿寡母更显得凄惶不堪。
你上大学给为娘挣足脸面，
可不想你又回村当了村官。
娘担心你年轻不知深浅，
又担心你受排挤举步维艰。
刚上来你就开发旅游园，
娘怕你排场太大把火玩。
来这为你解忧排难，
说不定还能为你传授经验。

[志鹏娘回身看儿子，疲惫的陈志鹏伏在桌子上。

志鹏娘　志鹏，志鹏！

[陈志鹏嘴含包子，鼾声大起。

[音乐起。

志鹏娘　（欲打）唉！你呀！（又爱抚）

[切光。

第五场

[远处传来一声声开山炸石的炮声。

[光启。平台顺时针指 2 点方向。

[近处，山花烂漫，远处，青山隐隐。

[山脚下，筑路工地，一派繁忙的劳动景象 ——陈志鹏带李玉山、李玉柱、王大刚及众村民修路。

[激扬的劳动号子中，大家运土、打夯、铺路，干得热火朝天。

[李晓萌和石大伯给大家送水，石大伯招呼大家喝水，李晓萌看到眼前情形不禁心潮起伏。

李晓萌 （唱）春风吹冰消融杏花开放，

报春花一簇簇娇艳芬芳。

乡亲们齐动手修桥铺路，

正开出康庄道连接城乡。

放眼望生态园翠绿一片，

新建的小学校红旗飘扬。

村外的农家乐即将落成，

村里面又盖起座座新房。

这一边栽满了桃树梨树，

那一边规划有景观长廊。

志鹏哥有胆识敢想敢干，

带领着众村民齐奔小康。

青年人干事业要像他一样，

不辜负新时代大好春光。

[李晓萌给父亲递水，并帮助劳动。

[众人来往忙碌，陈志鹏等及石大伯下。

[王新忠和爱菊推车上，倾倒水泥。

李玉柱 （故意上前查看）哎！不对啊，这咋净沙子啊？那水泥哩？

王新忠 那不是水泥是啥？

李玉柱　（抓沙子）这是水泥？大家伙来看看啊！看看，看看！

［众人围上，李玉山、王大刚近前。

爱　菊　你说不是水泥，我偏说是，咋？（拉丈夫欲走）

李玉柱　别走，今天必须把这事说清楚！

王大刚　哎呀，多大个事儿？这一车水泥少了，下一车多添两锹不就行了？！

李玉山　说得轻巧！这可是大家伙一块儿修的公路，都这样掺假，将来出了质量问题算谁哩？

王新忠　你少在这吓唬人！说我掺假，我还说你掺假哩！

李玉柱　姓王的，我盯了你不是一天两天了，今天这事想抵赖，门儿也没有！

王大刚　李玉柱，我看出来了——你这是想报复啊！

李玉柱　（上前）没错！他就是有口气还没出来哩！

王大刚　不出气咋着？出气咋着？谁还能把俺姓王的球咬掉？！

李玉柱　你——（拿铁锹，喊）抄家伙！

［李姓村民纷纷拿起工具。

李晓萌　（阻拦李玉山）爹！

李玉山　（推）你闪开！

［李晓萌回身，急匆匆跑下。

王新忠　呦呵，想打人咋着？（伸头上前）给，有种你打我一下！只一下。

李玉柱　这可是你自找的！

［李玉柱用木柄敲对方脑袋，李新忠随即佯装倒地。

爱　菊　（摸丈夫鼻息）哎呀，不得了了！打死人了！打死人了！

［王姓村民也纷纷拿起工具，双方对峙，人声互斥、工具相碰，一时间剑拔弩张。李新忠见起了争端，忙爬起参战。

［此时，李晓萌带陈志鹏飞跑上，陈志鹏上前拦开二人。

陈志鹏　住手！都给我住手！（急拦）中了中了！还嫌闹腾的不够是不是?!

［李、王两姓村民纷纷放下工具，但李玉山和王大刚依然不肯罢休。

陈志鹏　放开！恁俩放不放？不放？（拿出手机）我现在就给公安打电话！

［李玉山、王大刚放开。

陈志鹏　（对众人）停工！停工！都回家！今天这活儿不干了！都走都走！

［众村民纷纷下。

陈志鹏　都走吧！非等派出所来？

［王大刚、李玉山二人分下。

陈志鹏　（陈志鹏抹汗叹息，坐在地上）唉！

（唱）大伙儿收工去默默无言，
我这里费思量左右为难。
野牯岭矛盾多盘根错节，
麻雀小可也是五脏俱全。
大小事包含着个人利益，
动一动就把那家族牵连。
这陋习害大局必须改变，
这矛盾不解决何谈发展。
找机会需把这利害明晓，
与双方开心胸把话畅谈。
可如今事头上他们对立叫板，
我只能凭机巧慢慢周旋。

李晓萌　志鹏哥，今天多亏了你，要不是……

陈志鹏　晓萌，你得空也劝劝恁爹，大家乡里乡亲，无非是平常话头赶话头攒的闲气，又没啥本质矛盾，干啥事事都要分出个你高我低哩?!

李晓萌　要能劝我不早劝了！我就是劝动俺爹，那姓李的又不是俺一家。再说了，我就是劝了这头儿，还有那头呢！

陈志鹏　（想）我倒有个主意，不知道行不行。

李晓萌　说说看。

［二人低声，切光。

第六场

［光启，村委会。一侧，李玉山提菜上。

李玉山　（唱）接连几天心不爽，
胸有闷气憋得慌。
听说志鹏叫喝酒，
直奔村委走得忙。
志鹏他不恋杯中物，
这里想必有文章。
估计是趁机灭灭火，
劝我饶了王大刚。
随他说东又说西，
我只管喝酒不搭腔。

［李玉山进门。

李玉山　哎，人哩？

［陈志鹏从内出。

陈志鹏　玉山叔来了，快坐！

李玉山　你请我喝酒，还得叫我给你捎菜？

陈志鹏　你顺路，咱又不是外人。（摆菜）我去拿酒，你先看报纸。

［陈志鹏入内，李玉山翻报。

［一侧，王大刚上。

王大刚 （唱）志鹏设宴邀我赏光，

快步来到村委旁。

一路走来一路想，

为什么此时叫我把酒尝？

那天工地打一仗，

想必是借酒探知我心肠。

见机行事少开口，

看他如何论短长。（进门）

［李晓萌悄上，见王大刚进门，对陈志鹏示意OK，随即将门反锁，又悄悄下。

［王大刚将看报纸的李玉山误以为是陈志鹏，掏烟、递烟。

王大刚 别看了，吸一支吧，清醒清醒。

［李玉山放下报纸，吃惊地看着对方。

王大刚 （发现）你？！

李玉山 咋？（站）

［王大刚摔烟，转身要走，却打不开门。

［陈志鹏拿酒从内出，自顾自开酒瓶。

陈志鹏 别拽了，那是防盗门，今天咱仨谁也出不去了。（看二人）今天我请客，你们既然来了，那干脆，就把以前的恩恩怨怨作个了断吧！

王大刚 怎么了断？

李玉山 你啥意思？

陈志鹏 两个法，一，恁俩继续单挑，我保证不拉架；二，咱们坐下喝酒，大家好好谈谈。

李玉山 志鹏，你小子……（气坐）

陈志鹏　玉山叔，我这不也是没有办法的办法嘛！（转身拉王大刚，低声）大刚哥，那边可已经坐下了，来来来，不喝酒咱可以先坐嘛！

[王大刚被拉坐。

陈志鹏　（倒酒）今天都凑到我这不容易，来，干！（见二人不动）哎，反正是走不了，咋？打算就这么坐到天明？你们知道我不会喝酒，今天我可是舍命陪君子，来，先干为敬！（干）啊！好酒！

（唱）这酒恰似火一团，

将人肺腑来点燃。

温暖融化三春雪，

热辣驱走心内寒。

[二人不为所动。

陈志鹏　玉山叔，山里夜凉，来！

（唱）你喝了这杯把身暖，

[李玉山干杯。

陈志鹏　大刚哥，干了吧。

（唱）你喝了这杯不怕衣单。

[王大刚干杯。

陈志鹏　快，吃菜！（为二人布菜，倒酒）来，咱再干一杯！（举杯）

（唱）原先我不识酒滋味，

今晚才觉得酒香甜。

辣中带苦开头冲，

又醇又甘入喉绵。

（白）哎，你们说这酒为啥是这个味道？

（唱）就因为五谷杂粮在其中，

缺这少那味不全。

稻麦秫米都齐备，

才有好酒暖心田。

李玉山　你别绕弯了，有啥话直说吧！

陈志鹏　（唱）恁俩好似稻和米，

咱野牯岭就是酒一坛。

分开都成水泡饭，

造佳酿必须心手连！

王大刚　（唱）这个道理谁都懂，

不用你再作宣传。

今天既把话挑明，

关键是要说眼前。

陈志鹏　肯定要说眼前！不过，咱先把酒喝了，润润嗓子再说！来！

［三人分别干。

陈志鹏　（倒酒）眼前不就是工地上那点儿事儿么？我眼看着恁俩打了个平手，谁也没吃亏！

王大刚　不管咋说，他们先动手就是不对。

李玉山　你咋不说那是因为啥？恁故意造假就对？

陈志鹏　（见双方顶牛忙拦）好好好，这个事的起因其实不在你们，都在我！

李王齐　你？

陈志鹏　可不是，真的！

（唱）是我无能去跑贷款，

修路工期又提前。

到位资金太有限，

他们无奈才把沙子掺。

王大刚　我就知道是这！

李玉山　哦，你那意思是就这么掺假掺下去？

陈志鹏　（唱）现在情况有改变，

景观长廊批下了钱。

拿出一半先把路建，

工程质量得保全。

（白）现在问题已经解决了，而且我保证以后不再出现类似的情况！（看二人）咋样？对我还有啥意见，尽管提！

李玉山　既然你把责任都揽了，那这个事咱就不说了。

王大刚　以前的事还多着呢！

陈志鹏　喝酒！喝了这杯咱再说以前。

［三人同时干。

陈志鹏　（倒酒）说吧，把你们以前的是是非非也都说说。

王大刚　那多了去了！

李玉山　没法说，数不清！

陈志鹏　哎呀呀呀！（故意）原来我光知道恁俩不对劲，可没想到会是这血海深仇！（问王大刚）他是萨达姆？（问李玉山）他是本·拉登？

［李、王二人面面相觑。

陈志鹏　大刚哥，玉山叔！

（唱）休要说数不清往日恩怨，

认真找仔细想翻翻当年。

论起来无非是鸡毛蒜皮，

说到底都为了三分薄面。

时代好全中国都在发展，

咱这边还窝里斗令人心寒。

你姓李他姓王都是乡亲，

一处想一块干才理所当然。

一座山养了咱祖辈父辈，

一口井分不出你深我浅。

现如今国民党还过来和咱谈判，
难道说两家人就不能尽释前嫌？！
［二人似有所动。
李玉山　（唱）听志鹏这席话我把身站，
有个念头在心里翻了几番。
端起杯把身子探了一探，（欲和王大刚碰杯，又停下）
不知道姓王的打何算盘。
王大刚　（唱）陈志鹏人年轻也有手段，
今日事更做的缝和丝严。
李玉山在一旁先机欲占，
我必须顺势去把杯来端。
［王大刚也起身端杯，与李玉山对面，二人却又不知如何开口。
陈志鹏　（急忙）来来来，你们俩碰杯，我作陪——哎，这一碰杯，以前的事可就不能再提了！
［三人碰杯，干。
陈志鹏　（醉意）今天高兴！要碰，咱们连碰三杯！
［三人连饮两杯，李、王皆有醉意，陈志鹏酒酣、笑搂二人。
陈志鹏　玉山叔，猜猜，你今天喝的谁的酒啊？
李玉山　不用猜！（指陈志鹏）
陈志鹏　大刚哥，猜猜，今天你吃的谁的菜？
王大刚　我明白！（指陈志鹏）
陈志鹏　哈哈！（笑）
（唱）猜猜猜，我叫恁猜，
再猜恁也猜不出来。
你喝了他的老白干，
他吃了你的下酒菜。

一桌上吃饭是兄弟，

酒逢知己才乐开怀。

从今后都是一家人，

咱握手言和共同迎接新未来！

[三人握手言和，醉态随音乐跳起四小天鹅舞，最后分别醉酒倒地，鼾声大起。

[切光。

第七场

[光启。平台顺时针之 7 点方向。

[野牯岭村外农家乐，近处篱笆竹影，灯笼、招牌掩映，远处一派秋景，霜林尽染、山野金黄。

[游客们在树影间拍照留念，笑语不断。

女声齐 （唱）金秋十月多爽朗，

岭上岭下染金黄。

旅游开发人气旺，

穷山沟成了富贵乡。

[游客下。石大伯着黄坎肩在打扫卫生上。

石大伯 （唱）山村秋来景色美，

山前山后好风光。

以前都说城市好，

现在看野牯岭倒比城市强。

志鹏他工作带头上，

全村老少齐奔忙。

共同致富没把我忘，

想不到六十多岁我又上岗。

[石大伯检查果皮箱。

[李玉山上，李玉柱带几位本家村民追上。

李玉柱　哥，哥！

几村民　玉山！

李玉山　啥事啊？这么急。

李玉柱　哥！

（唱）垂钓园游客多肉肥钵满，

俺几个想合伙承包几年。

陈志鹏不同意态度蛮横，

已安排其他人全部接管。

李玉山　这垂钓园是人家志鹏家主动归到村里旅游点儿，这岗位也是从各户抽人经营的，全村一块分红——这个事前两天村民大会上好像说过吧？

李玉柱　他开始定的就不公平！

村民甲　垂钓园虽说最初是他陈志鹏的。

村民乙　但扩修的时候是咱出的工。

李玉柱　这力也出了，到吃馍喝汤的时候反倒没咱的事了！这能说通？！

李玉山　恁的意思，是叫我跟志鹏说说？

李玉柱　哥，这段时间你没少帮他，为这，咱这一大家子搭进去多少实惠？！他好歹总得给个面子吧！

村民甲　就是，没有咱，哪有他呀？！

村民乙　玉山，我给你说句掏心窝子的话吧——咱姓李的可不能一直叫个小毛孩当枪使！

李玉柱　哥……

李玉山　好了！别说了，你们先回去！

李玉柱　哥！

李玉山　回去吧！

［李玉柱和村民下。

［李玉山内心翻腾，抽烟、又掐灭。

［陈志鹏手拿几份合同，边看边上，王大刚追上。

王大刚　志鹏，你听我把话说完……

陈志鹏　大刚哥，你的意思我明白——

（唱）你想给全村饭店把货上，

叫你那小小超市多开张。

王大刚　对！

陈志鹏　（唱）那就该挨家挨户去推销，

这是你擅长的老本行。（要走）

王大刚　（挡住）哎，要是那，我还找你干啥？

（唱）希望你以公家名义下通知，

指定我做他们唯一的供货商。

陈志鹏　（唱）像这种硬性摊派咱不搞，

会妨碍自由竞争做活市场。

王大刚　（唱）别给我讲那些大道理，

想当初给学校捐款不一个样？

陈志鹏　（唱）那是为公你为私，

扯在一起太牵强。

王大纲　好，就算我说的不对！

（唱）希望你看在以往我帮你，

这一次你也应该将我帮。

陈志鹏　（唱）不是能帮我不帮，

实在是违背原则太荒唐。

（白）大刚哥！我……

王大刚　好好好！

（唱）从今后不会再求你，

我算认清这脸一张。

谁是恁哥你找谁，

记清楚你姓陈来我姓王。

陈志鹏　大刚哥！我现在一天到晚忙得团团转，中午陪旅行公司看路线，马上就要去签合同，下面还有接待任务。你的事……咱以后再说，好吧？

［陈志鹏欲下，李玉山一旁起身。

李玉山　志鹏。

陈志鹏　玉山叔？

李玉山　我也有个事跟你说。

陈志鹏　哦，是玉柱说的那个事吧？我跟玉柱已经解释过了。

李玉山　志鹏！现在是我在跟你说话。

陈志鹏　（感觉对方情绪不对）玉山叔，这个事你叫我咋说？不管咋着，咱们总不能因为个人的一点利益，就损害大家的利益吧？

李玉山　听你这意思，是连我的面子也不给了？

陈志鹏　玉山叔，这不是面子不面子的问题！我……只能这么办。

李玉山　这是你给我的最后答复？

陈志鹏　我想，我的答复完全可以代表咱村大多数人的意见。

王大刚　哼！咱村大多数人？那你可代表不了！别忘了，代表咱村大多数人的是我王大刚和他李玉山！

［陈志鹏愣住，三人僵持，沉默无言。

［手机响，陈志鹏接电话。

陈志鹏　（接电话）喂！马乡长啊，您有何指示……哦……（稍回避）放心，您的客人我一定接待好！安排他们住后山坳，风景最好的地方……人已经到了？那我现在就去迎接……好的，我马上去！马上！

［陈志鹏看看二人，叹息，急下。

［李玉山气。

李玉山　好啊，好！

（唱）姓陈的小子不自量，

媚上欺下太猖狂。

平日敬你把你让，

你却翻脸变成白眼狼！

王大刚　（过去递烟）算了，别骂了，骂有啥用？

李玉山　自从他上任，给咱弄这丢人也不是一回两回了！我实在咽不下这口气！

王大刚　哎呀，要说也是，当初他动不动就给咱讲团结，可现在，他连咱这大多数都不想团结了；原先他动不动就说咱们是一家人，可如今，在他眼里，你就是萨达姆，我就是本·拉登！

李玉山　大刚，你说这人咋变得这么快哩？

王大刚　要我看，两个字——人品，人品有问题！

李玉山　就这种人能当咱野牯岭的领头人？

王大刚　世界上要是真有卖后悔药的，再贵我也得买一包！现在说啥也没用了！

李玉山　那咱就瞪眼看着叫他整治？

王大刚　你放心，不给咱好处，咱跟他没完！

李玉山　对，分不公，我就重操旧业自己单干。

王大刚　——炸山？

［王大刚惊讶地望着李玉山，景转村头学校旁边。

［厨师打扮的王新忠带王家两个年轻人上，爱菊追上。

［远处，李晓萌带学生在复习功课。

爱　菊　老头子，你这是要干啥？

王新忠　（看左右无人，低声）干啥？你忘了，昨天那个南方老板儿在咱那吃饭的时候说的事，人家带风水先生来看了好几回了，认准咱后山是条龙脉，想用那儿的石头雕两个公司门口摆的大狮子。

王大刚　你要开山取石，不合适吧？

王新忠　有啥不合适的？人家出哩价钱合适。（向爱菊比画）

爱　菊　啊！顶咱俩在这儿炒菜炒一年！可是……村里！

王新忠　听说李玉山都要重操旧业了，光兴他干就不兴咱干？我都想好了，天气预报今夜有雨，我到后山趁着打雷放上两炮，拉了石头就走，保管谁也不知道。放心吧，有大刚给咱撑着哩，你带人先上去。我给大刚打个招呼就上去。

爱　菊　那中！（带人下）

［王新忠摘围裙，得意扬扬地下。

［听到两人对话的石大伯匆匆上前。

石大伯　（唱）听说此事心内惊，

放炮取石万不能。

现如今箭在弦上怎挽回？

将情况告知陈志鹏！

［陈志鹏上。

陈志鹏　石大伯？

石大伯　志鹏！你来得正好！

［石大伯对陈志鹏尽述前情，陈志鹏惊！

陈志鹏　这后山绵延十几里，他们具体的采石地点究竟会在哪儿呢？

石大伯　隐约听说，是风水最好……

陈志鹏　后山坳?！（大惊）那后山坳下面的度假屋里还有好几名游客，原先采石的地点就在房子背后的山坡，如果他们还选在这儿放炮取石……

石大伯　这，这可怎么办啊?

陈志鹏　不行，我必须在放炮之前拦住他们!

［闷雷响起，山风阵阵。

石大伯　志鹏，天马上就要下雨了，山路难走，最好再叫几个人……

陈志鹏　来不及了，我必须现在就走!

［陈志鹏急下。

石大伯　志鹏，你可要小心啊！（跟下）

［切光。

第八场

［光启。闷雷声声，后山坳采石点，爱菊和村民甲拿手电筒上，向另一侧张望。

爱　菊　这俩人磨蹭啥哩?放一炮就这么难?

村民甲　哎，来了，来了!

［王新忠和村民乙，由另一侧匆匆跑上。

王新忠　点着了！卧倒！都卧倒!

［四人急忙卧倒，半晌，毫无动静。

爱　菊　咋回事?咋还不响啊?

王新忠　我明明看见药捻着了！会不会是刚才下了两滴雨，受潮了?

爱　菊　不急，咱再等等。

［四人等待片刻。

王新忠　肯定是受潮了！我看看去。(起身)

村民乙　新忠叔，还是等等再说吧。

王新忠　哎呀，我又不是没放过炮?！

爱　菊　老头子，你慢点！

王新忠　我知道！（下）

［爱菊和两村民担心地看着，陈志鹏急上。

陈志鹏　总算找到你们了！

［三人惊愕，急忙起身。

村民甲　陈主任……

陈志鹏　你们放炮了没有?

爱　菊　（低头）一炮也没放。

村民乙　头一炮就是个哑炮，新忠叔过去看了。

陈志鹏　啊?！危险！（喊）快回来！

［陈志鹏冲下，随即炮响，三人惊呆。

村民乙　新忠叔！（跑下）

村民甲　陈主任！（跑下）

爱　菊　（哭）哎呀，我的老头子啊！

［爱菊呼喊着跑下，切光。

［光启，陈志鹏家。志鹏娘端碗上，叹气。

志鹏娘　志鹏！来喝点娘刚给你做好的面鱼儿汤?

陈志鹏　……

志鹏娘　儿啊！

（唱）叫志鹏我的儿把心放宽，

切莫要落眼泪愁眉不展。

悔当初没逼你进城发展，

由着你回来创业又当了村官。

我曾对你讲这一路凶险，

可到头来你还是差点落入险滩。

我的儿你如今又黑又瘦，

这两年披风霜经受熬煎。

如今儿浑身是伤险把命丧，

儿疼在身娘疼在心把儿来怨，

莫说我儿为山村出力流汗，

是他们做事让人心寒。

陈志鹏　娘！

（唱）娘啊娘你压压火莫气莫怨，

儿知你是安慰我把儿心宽。

莫说我为山村出力流汗，

娘也是尽全力为儿分担。

现如今啊，全村人都上班到那旅游点，

为避嫌娘宁可留在家里边。

咱村里新房盖起一片片，

儿没能为你盖半间。

娘生儿养儿不容易，

儿却让我的娘啊尝遍辛酸。

我灯下苦读书，

娘彻夜也不眠。

我上学离家走，

娘千里把心牵。

数星星查日月苦熬苦盼，

盼孩子学业有成苦尽尝甜！

当村官我本想把理想实现，

也有些私心杂念藏在胸间。

干上三五年，

村中掌实权、

吐气扬眉挺腰杆，

叫我娘站在路边高声大嗓指给别人看——

看一看我那陈姓儿啊他做了大官。

志鹏娘 （笑，爱抚地）

（唱）儿知道人生漫漫路途远，

当村官虽经历处处磨难，

也不要一蹶不振把腰弯，

一辈子哪个会事事平坦，

跌倒再爬起才是男子汉。

要成长就必须接受磨炼，

就请你奋起直追莫歇肩。

陈志鹏 娘，你的话我记住了！

志鹏娘 来，娘喂你喝面鱼儿汤。（一幅温暖和谐的画面）

[李晓萌拉李玉山上。

李晓萌 爹，你快走呀！

李玉山 （欲走又止）

（唱）本想出口气给他弄难看，

没想到险些让把他命摊。

晓萌这边催得欢，

我这里进退左右为难。

李晓萌 爹，你快点儿！

[一侧石大伯拉着王大刚上。

石大伯 大刚，你到底走不走呀，要不走，我就回去打扫卫生了。

王大刚 别！别！别！石大伯。

（唱）志鹏受伤我心慌，

他受伤我没帮啥好忙。

想他又怕见他，

欲进又止我左右彷徨。

石大伯　大刚，走吧！（在后推王大刚）

［李玉山和王大刚在门前相遇，二人面面相觑。

李晓萌　志鹏哥！

石大伯　志鹏！

志鹏娘　他大伯和晓萌来了！

李玉山　志鹏！

王大刚　志鹏！

陈志鹏　玉山叔、大刚哥，你们来了！（志鹏想站二人忙按住）

李玉山　志鹏，上次是我的不对，我不该因为垂钓园的事儿跟你闹蹬，更不该说自己要重操旧业去炸石头。

［玉山后退，不好意思地蹲下。

王大刚　我也不对，我不该听他的话也让俺叔去炸山。

［大刚后退，蹲下。

［以李玉柱和王新忠为首的众村民纷纷提着东西来看望陈志鹏。

村民甲　志鹏，你快点好吧！

村民乙　是呀，我们都等着你回去上班呢！

王大刚　以后我再也不是萨达姆！

李玉山　我也不是本·拉登！

陈志鹏　（感动地）娘、小萌、石大伯、玉山叔、大刚哥，我……我……

志鹏娘　儿啊，娘支持你！

［以李玉山和王大刚为首的村民都围在陈志鹏的身边。全村众乡亲跟着走在一起，组成一组和谐的画面。

[一声金鸡长鸣！

[平台逆时针指 7 点方向。

[浓郁地方特色的女声民歌起。

女声伴唱　　野牯岭，金银岭，

凤凰做窝百鸟鸣。

雨后晴空万里远，

风过山野无踪影。

野牯岭，金银岭，

凤凰做窝百鸟鸣。

[远处，山峦隐隐，满目秋色。切光。

[剧终。

注：大型豫剧《野牯岭》（与郑州市艺术研究院翟宏卫合作）于 2010 年参加公演并获河南省黄河戏剧奖剧目金奖，陈俊丽获得编剧新人奖；获 2012 年 2 月在河南省安阳市第六届精神文明建设“五个一工程”评选中《野牯岭》获入选作品奖。

马丕瑶出京

时　间　1894 年，清光绪二十年秋 ——1895 年，光绪二十一年夏。

地　点　北京　广东。

人　物　马丕瑶　64 岁，河南安阳人，新授广东巡抚。

马夫人　55 岁，马丕瑶夫人。

马青霞　17 岁，马丕瑶女儿。

马吉樟　35 岁，马丕瑶之子，翰林院编修。

沈立坤　50 岁，人称“沈疯子”，广东水师提督。

李鸿章　72 岁，文华殿大学士、直隶总督、北洋大臣。此时因北洋水师战败已被摘去顶戴，革职留任。

翁同龢　63 岁，户部尚书、两代帝师。

慈　禧　60 岁，皇太后。

光　绪　23 岁，皇帝。

李　全　35 岁，马丕瑶侍从。

陈　炎　30 岁，虎门炮台巡兵小头目。

商号票号东家甲、乙、丙、丁。

太监、李鸿章幕僚甲、乙；清兵若干、宫女若干。

序　幕

[沉重、低回的音乐中幕启。

[昏暗的皇宫中，慈禧阴沉着脸端坐在绣榻上，光绪站在慈禧身边，一脸怒气。马丕瑶背对观众，跪在慈禧、光绪面前，俯首听训。

光　绪　马丕瑶！

马丕瑶　臣在。

光　绪　皇阿玛恩准，免去你广西巡抚之职，改任广东巡抚。到了广东你要办好两件大事，一彻查李瀚章，二重整广东海防！

[马丕瑶浑身一震，抬头直视光绪。

光　绪　你敢想吗？两广总督李瀚章、堂堂的一品大员，竟敢收受洋商贿赂，自毁海防，任由洋人轮船驶入虎门之内，这还了得？！今天是货船，明天就敢是炮舰！你要给朕查清楚，不要因为李瀚章是李鸿章的兄长就畏首畏尾！

马丕瑶　臣……遵旨。

慈　禧　（慢吞吞地）这个事是真是假眼下谁也说不准，既然参劾他的折子没完没了，那就查查吧。马丕瑶！

马丕瑶　臣在。

慈　禧　你一向操守严谨，忠君体国，可谓百官楷模，到了广东只管秉公办差也就是了。

马丕瑶（转过身来，面对观众，唱）

闻君命费猜详捉摸不定，
委巡抚查总督从未闻听。
这等事本该由钦差衔命，
我这个二品官如何担承。
李瀚章督两广位高权重，
上了任再查他难得实情……（思索）
我何不先请求留京治病，

趁此时悄出京暗访广东。

光　绪　马丕瑶，朕的旨意你也明白了，回去准备准备，及早出京赴任。

马丕瑶　启禀太后、皇上，臣患奔豚症已有多年，虽请郎中医治，却未见效。此次进京，臣想得便请京城名医仔细看一看，恳求太后、皇上恩准，待臣稍有好转后即刻出京赴任。

光　绪　什么？你还想在京城治病？

慈　禧　你也难得进趟京城，既然来了，就把病治好，皇上也是体恤臣子的，焉有不准之理？马丕瑶，跪安吧！

马丕瑶　臣谢太后、皇上隆恩！（叩首）

[光暗。

第一场

[二十多天后，虎门珠江边，碎石散乱，杂草丛生，近处江流滚滚，远处可见虎门双峰对峙，夹江耸立。

[一队兵勇持洋枪巡逻走过。

[马青霞兴冲冲跑上，不时擦去脸上的汗水。

马青霞　（向幕内）爹，我在这儿呢！

（唱）看虎门夹大江群峰伟岸，

随父亲离京城、踏平原越重山、辗转来到珠江边。

离家时老母亲再三阻劝，

她担心老父亲一路风险难把家还。

怎奈是父亲的决心已定万难改变，

她只好让青霞一路陪伴照料寝宿与三餐。

父亲他风雨兼程把路赶，

顾不得晨霜夜露晚秋寒。

一路上他不住州县驿馆，

一路上他不曾拜访官员。

溪水边我为他把汗衣洗浣，

小店中我为他把草药熬煎。

奔走了大半月来到了珠江畔，

深秋时这岭南依然是大热天。

老父亲查海防奔波江岸，

我真怕老人家体力不堪。

［李全跑上。

李　全　小姐，你走得可真快，老爷不放心，让我赶你来了。

马青霞　我爹呢？

李　全　在哪儿呢！

马青霞　走，去那边看看！

［马青霞好奇地跑下，李全跟下。

［马丕瑶头戴斗笠、一身布衣急匆匆跑上。

马丕瑶　（唱）虎门口珠江上惊涛骇浪，

着便装查贪墨步履匆忙。

女儿她笑声朗心花怒放，

怎知我担忧着南疆海防。

［马青霞从远处跑上，李全随上。

马青霞　爹，哈哈哈……

马丕瑶　你这个丫头，跑得可真快哟！

马青霞　爹，你看虎门多像张开嘴的老虎口！

马丕瑶　可惜，这只张开嘴的老虎没有牙，也没有爪子……

马青霞　那，什么是它的牙、它的爪子呀？

马丕瑶　只有虎门炮台换上新炮才算有了牙，珠江口外铁舰成阵才算有了爪子！

李　全　可眼下，咱们的炮跟洋人铁甲舰上的火炮比起来，可差得远呐！

马丕瑶　如此下去，虎门海防堪忧啊！走，到那边看看……

［陈炎幕内喊：站住！

［一队兵勇冲上，将马丕瑶、马青霞、李全团团围住。

陈　炎　说，你们这伙人想干什么？

马丕瑶　我是个闲人，天热，和闺女来江边乘凉。

陈　炎　我盯了你们三天了，你们这伙人在虎门上下转来转去指指点点，我看你们必是洋人的奸细！

马丕瑶　呵呵，小伙子，巡海防，抓奸细，尽职尽责，是个好后生！

陈　炎　少给我灌迷魂药！来呀，把他们抓起来！

李　全　你们敢！都给往后退，谁敢上来半步，我就不客气了！

［李全、陈炎对打，陈炎败。

马丕瑶　李全，咱们走！

陈　炎　谁敢走！我就开枪打死他！

［幕内，沈立坤大吼："他娘的，把枪放下！"

［一队水师兵勇上，沈立坤摇着折扇虎步走上。

沈立坤　他娘的，别把枪对着老百姓！

陈　炎　启禀提督大人，这伙人连日在虎门上下转来转去，小的怀疑他们是洋人的奸细。

沈立坤　奸细？我看看！——（一见马丕瑶，审视片刻，拱手大喊）马抚台！

马丕瑶　（指着沈立坤）沈疯子！

沈立坤　马抚台！（二人激动地抱在一起）

马丕瑶　疯子，五年不见，你还是这副疯样子！

沈立坤　你这身打扮——咋着，削职为民了？

马丕瑶　我是自己把自己削职为民了，——青霞，快来拜过沈叔父！

沈立坤　（不相信地）这是青霞？

马青霞　（跑过来上沈立坤的后背）疯叔叔！

［沈立坤背着马青霞转了几圈，连叫。

沈立坤　疯丫头！（把马青霞从背上放下）

沈立坤　这丫头，几年不见长成大姑娘了！马抚台，是不是得闲了，带着姑娘出来游山玩水？

马丕瑶　（轻声地）贤弟，我和你有话说。

沈立坤　明白！（对陈炎、兵勇）来呀，你们退下！

陈　炎　遵命！

［陈炎、兵勇们退下。

马丕瑶　青霞，去一边等我。（马青霞、李全下）

马丕瑶　来，贤弟，咱们坐下说。（拉沈立坤坐到石头上）贤弟，五年前，我在广西任巡抚，你在广西绿营任总兵。

沈立坤　仁兄是个好巡抚，让我的部下吃喝不愁，按月领饷。

马丕瑶　贤弟是好总兵，有你把守广西和越南的边界，那法国人他就不敢越雷池一步！

沈立坤　哈哈，他敢来，我沈立坤骂声娘，抡起大刀就往他人群里钻，抡一刀倒一片，抡两刀人不见——

马丕瑶　都吓跑了！

沈立坤　打仗嘛，就得有个拼命的气势！

马丕瑶　所以，人家都叫你沈疯子！

沈立坤　这个名字我爱听！你这次到广州——

马丕瑶　贤弟，不瞒你说，太后、皇上有旨，改任我为广东巡抚。

沈立坤　（欢喜）我的亲娘吔，皇上圣明！你来了，我就啥也不发愁了！

（唱）**自从我到广东一筹莫展，**

有水师无军费日夜犯难。

面对着洋人的坚船利舰，

急得我只剩下跺脚骂天。

马丕瑶　你的广东水师有多少船？

沈立坤　船不少，二百艘，可都是木帆船，洋人一炮就能打成碎片！

马丕瑶　有多少人？

沈立坤　五镇三十六营，两万多人哪！

马丕瑶　军费多少？

沈立坤　朝廷一个钱也不给，全靠自筹。

马丕瑶　自筹？广东的海岸一万多里，若没有足够的银两，炮台就换不成新炮，水师就添不了战舰，如此，何来海防！

沈立坤　海防？别给我提海防两个字，提起来海防，我都想哭啊！

马丕瑶　（忧虑地）国门如此空虚，洋人一旦来犯——

沈立坤　唯有拼这血肉之躯……

马丕瑶　贤弟，你说，坚固海防需要多少银子？

沈立坤　唉！说了也白说。

马丕瑶　为何？

沈立坤　李瀚章大人是两广总督，他弟弟李鸿章是朝中大学士，这身份够硬了吧，可是，李大人几次上折子要钱，那户部它就是不拨款。

马丕瑶　竟有此事？

沈立坤　所以，我担心你也办不到。

马丕瑶　原来如此……说到李瀚章大人，你以为如何呀？

沈立坤　老了，七十多岁的人，办不成个啥事了。

马丕瑶　可有人参他收受洋人贿赂，自毁海防！

沈立坤　收受贿赂？这我倒没听说。要说自毁海防，那也是它朝廷自己毁的！老抚台，说句实话，太窝囊了，我都不想干了！

马丕瑶　贤弟，别泄气，我这次悄悄到广州，就是要看看海防的虚实，回京之后，请求户部拨款，待我正式上任之时，我要带着银子来。

（唱）咱二人在广西也曾搭档，

从不怕法国人狂妄嚣张。

保住了大清国寸土未丧，

保住了百姓们远离祸殃。

来广州又见到你这猛将，

我自信咱定能严守海疆。

待回京请户部拨出银两，

咱一同重整海防护国安邦。

沈立坤　太好了！

（唱）我身在水师中朝思暮想，

就盼着驾炮舰威震南洋。

老抚台要来钱功德无量，

从此后我水师由弱变强。

马丕瑶　（唱）千言万语不再讲，

后会有期在珠江。

莫道头白似霜降，

家国大事敢担当。

沈立坤　老抚台何时回京？

马丕瑶　事不宜迟，即刻就走！

沈立坤　列队恭送！

［青霞、李全及陈炎等上。

马青霞　疯叔父，保重！

沈立坤　保重了！

［士兵列队恭送马丕瑶等人。

[光渐灭。

第二场

[一个月后，北京，马吉樟宅邸的客厅。地上铺着一张巨大的手绘虎门地形图，数卷翻看过的《东莞县志》散乱放在地图上，一盏熄灭的油灯放在地图旁边。

[幕启，马夫人拾起油灯放到条几上，又拾起书籍，翻看。

马夫人 （读书上文字）“虎门，重镇也，在广州东南二百里，西控珠江口，南面伶仃洋……”

[马吉樟上。

马吉樟 娘！

马夫人 （示意小声手指卧室）咦！刚睡。吉樟，你看看地上这一摊子，你爹呀，人在京城，心都扑在广东了。

马吉樟 我爹准是又琢磨到二半夜，困得实在不行了才去睡觉，也顾不上收拾了。（说罢，去卷地图）

马夫人 吉樟，你爹为啥老琢磨虎门呀？

马吉樟 虎门是广州的大门，当年英国人就是经虎门水路杀进了广州城，我爹准是正琢磨着如何严守这道大门呢。

马夫人 唉，老了老了又摊上这么个差事，他又有病，能撑得住吗？吉樟，我真不想让你爹去广东啊。

马吉樟 娘，我爹是个想做事的人，您这话可千万别跟他说。

马夫人 不说，我心里憋得慌啊！

（唱）自从他到广州去了一趟，

回来后就变得不似往常。

老书生就像是领兵大将，

连走路也变得步履匆忙。

他只想到广东大干一场，

却忘了病缠身已难把重任承当。

这几日为娘我急在心上，

总想着该劝他辞官不做告病回乡！

马吉樟　想想朝中大臣们勾心斗角、尔虞我诈，我爹真不如急流勇退。

马夫人　吉樟，你在翰林院，知道朝廷里的弯弯绕绕，跟你爹说说，别让他给自己惹麻烦。

马吉樟　我……看看再说吧。

[马青霞穿着披风戴着风帽、提着一大包中药上。

马青霞　娘！二哥！（二人示意青霞小声）

马吉樟　去抓药了？

马青霞　啊！哎呀，北京的冬天太冷了，还是广东暖和，也不知道爹啥时候去广东上任。

马夫人　青霞！不准和你爹提上任的事！

马青霞　咋了？

马吉樟　你还小，不懂事。

马青霞　我都十七了，还小呀？我咋不懂事了，咋不懂事了！（和二哥动起手来）松手！

马吉樟　不松！

马青霞　娘，你看我二哥。

马夫人　逗着你玩哩！

马青霞　爹要去广州你们不放心，让我陪着去，来回几千里地，我没让爹饿着渴着热着冷着，该洗衣裳我洗衣裳，该煎药我煎药，我还不懂事啊！

[马丕瑶上。

马丕瑶　（笑着）谁又惹青霞生气了？

马青霞　我二哥！老说我不懂事！

马丕瑶　他说了不算，爹知道，你是个懂事的好闺女！哈哈哈！

马青霞　爹，您知道我懂事，那去广东上任的时候您一定带上我！

马夫人　（拦住话头）青霞，给你爹煎药去！

马青霞　等一会儿嘛！

马夫人　（慈爱地）好，我去！

［马夫人拿中药下，李全急上。

李　全　禀老爷，户部尚书翁同龢大人前来拜访！

马丕瑶　我正要去拜见他，他倒先来了。请！

马青霞　爹，他就是那位大名鼎鼎的皇帝师傅吧？

马丕瑶　是呀，两朝帝师，三朝重臣，当着户部尚书，管着大清银库，是个大人物！下去吧。

马青霞　我不！

马吉樟　下去吧！

马青霞　我就不！

［马吉樟下。

马青霞　（撒娇地）哎呀，爹，我想看看皇帝的老师是啥模样……

［幕内，翁同龢接话："好哇，那你就看看吧！"他身穿长袍马褂，一手拿鼻烟壶，一手抹着鼻烟，嘻嘻哈哈地上。

马青霞　您……您就是皇上的老师？

翁同龢　像不像呀？

马青霞　（摇头）不像老师，像个大财主！

马丕瑶　青霞不得无礼！——翁大人光临敝舍，丕瑶诚恐诚惶！

翁同龢　老兄，少说这些套话。这是你的丫头？

马丕瑶　小女青霞。

翁同龢　这丫头有眼光，一下就看出我是个大财主！不错，大清国的银子都是我管着，能不是大财主？哈哈哈！

马丕瑶　青霞，快与翁大人泡茶！

马青霞　哎！（下）

马丕瑶　翁大人，请！（看看翁同龢，背躬唱）

翁师傅与皇上师生情分，
他一手掌管着国库白银。
固海防办水师钱是根本，
为此事我必须请他开恩！

翁同龢　（背躬唱）

我翁家与李家夙有仇恨，
不扳倒李鸿章死不甘心。
他若把李瀚章参上一本，
就为我打开了报仇之门。

［马青霞端茶上。

马青霞　翁大人，请用茶！

翁同龢　好！好！

马丕瑶　（唱）翁师傅请落座边谈边饮，

翁同龢　（唱）闻香气必定是君山银针。

马青霞　（附在马丕瑶身边唱）

二哥说此人好使迷魂阵，
他让您听话要听弦外音。

马丕瑶　（点点头）你下去吧。翁大人！（马青霞下。）

翁同龢　好茶！

（唱）我知你即将去广东赴任，
劝老兄要明白皇上的用心。

马丕瑶　请翁大人指教！

翁同龢　皇上看人看得准，广东巡抚非老兄莫属啊！

马丕瑶　此话怎讲？

翁同龢　（神秘地）皇上亲政以后，不甘向洋人示弱，极力主战，可是李中堂有太后撑腰，一味求和，皇上憋气的很，这个李中堂纯粹就是个绊脚石，得想法儿把他搬开。

马丕瑶　所以就查李瀚章？

翁同龢　你是个聪明人……

马丕瑶　让一个巡抚查总督，这不合章法呀。

翁同龢　这就是皇上的高明之处。你是地方官，与李中堂往日无怨、近日无仇，由你去查李瀚章，谁也不会说你是挟私报复啊。

马丕瑶　查李瀚章容易，只要有罪证，我必上报朝廷，可皇上让我重整海防，难哪……（连连摇头）

翁同龢　怎么了？

马丕瑶　发愁啊！广东是南疆门户，重整海防需要银子，可我一打听，翁大人从来不给广东拨款呐。

翁同龢　我不敢拨呀！李瀚章是个贪官，户部的银子要是拨到广东，他只要侵吞一成，就不是个小数。

马丕瑶　等我查完了李瀚章，你该拨款了吧？

翁同龢　这个……到时候再商量！

马丕瑶　翁大人，皇上命我重整海防，这是个大事呀！

（唱）尊一声翁大人躬身一拜，

请求你为海防贵手高抬。

咱不能眼看着海防残败，

咱不能让中华国门洞开。

咱应当为保国同仇敌忾，

咱应当让百姓远离兵灾！
有了钱才能把战舰购买，
有了钱才能够重筑炮台。
马丕瑶奉君命责无旁贷，
未上任已然是豪情满怀。
只要你拨款时笔下慷慨，
我定让洋人炮舰有来无回化作尘埃。

翁同龢　你说的我都懂，只是……

马丕瑶　翁大人，我代广东水陆两师数万将士恳求你了！（施礼）

翁同龢　老兄，拨款的事，我就给你交个实底吧，户部的银子你一两也要不到！

马丕瑶　什么？一两也要不到？那叫我如何重整海防？

翁同龢　想法儿自筹吧！

马丕瑶　（不敢相信）自筹？！翁大人！

翁同龢　记住皇上的话，彻查李瀚章才是大事！告辞！

[翁同龢掏出鼻烟，抹了一撮，打了个大大的喷嚏，下。

[马丕瑶失落地跌坐在椅子上。

[马夫人、马吉樟、马青霞上。

马吉樟　爹，翁同龢居心不善，他是要借恁老的手报他的私仇！

马夫人　他报啥私仇？

马吉樟　二十多年前，洪秀全的人马攻打安徽定远，翁同龢的兄长、安徽巡抚翁同书居然弃城而逃，李鸿章上书参劾，咸丰皇帝大怒要斩翁同书，多亏有人求情，才改为发配新疆。翁同龢的父亲、协办大学士翁心存为此忧惧而死。从此，翁同龢就恨透了李鸿章，他催着我爹去参劾李瀚章，其实，是冲着李鸿章去的。

马青霞　我说哩那么大的官儿咋赶着往咱家跑呀！爹，你找皇上告他去！

马吉樟　你又不懂事儿了不是！他是皇上的师傅，你告得动吗？

马夫人　吉樟，这朝廷里的事儿咋越来越乱啊，老爷，这广东你就别去了吧！

马丕瑶　（瞪着马夫人）你说啥？

马夫人　广东别去了！

马丕瑶　（恼火）安心做你的夫人，不要插手公事！

［马夫人哭着下、马吉樟跟下、马青霞不走，父亲示意她静静地退下。

马丕瑶　自筹，自筹……

（唱）户部尚书来造访，

只为催查李瀚章。

昔年私仇今未忘，

心中全然无海防。

急切切回京筹银两，

尚书一言心冰凉，心冰凉……

——（自语）这如何是好？这如何是好？

（接唱）且把这要款之事奏皇上，

请求御笔批奏章。

但得一道圣旨降，

料他户部难抵搪！

——事不宜迟，即可动笔！且慢！

（接唱）奏章上须列出开销细账，

究竟要多少银两难估量。

此事若要问清亮，

只有请教李中堂。

——吉樟，青霞！

[马吉樟、马青霞上。

马吉樟　爹，啥事?

马丕瑶　李中堂住在哪里?

马吉樟　李中堂在京城没有宅院，来京办事只住贤良寺。

马丕瑶　贤良寺在哪里?

马吉樟　听说是在王府大街金鱼胡同那一片。

马丕瑶　好，我这就去见他!

马吉樟　爹!去不得!皇上命您彻查李瀚章，朝臣们的眼睛都在盯着您哪，此时您去见李鸿章，会有串通之嫌!

马丕瑶　清者自清，随他们去说!青霞，拿我的披风来，随我去见李中堂!

马青霞　哎!（急下）

马吉樟　爹，您还是不去的好!

马丕瑶　吉樟，你去，不妥，我去，无妨!

马吉樟　爹，黄海一战，北洋水师全军覆没，皇上已然摘了李鸿章的顶戴，革职留任，眼下，朝中官员唯恐避之不及，恁老又有何大事，非要见他不可呢?

马丕瑶　李中堂知道买一艘战舰需要多少钱，他也知道哪一艘战舰造得最快最好。

[马青霞身披斗篷，托着马丕瑶的披风上。

马青霞　爹，给!（马丕瑶系好披风）

马吉樟　爹，恁不能去!娘……（马夫人急上）

马丕瑶　青霞，咱们走!

[四人亮相。

[光暗。

第三场

[接上场。

[北京贤良寺，李鸿章在京的临时寓所，寺内古木参天，唯见疏枝，乌啼雁叫，愈添悲凉。

[李鸿章身穿长袍上，因不戴帽子露出了满头白发和一根白辫，他心事重重，听见乌啼，抬头怅望。

李鸿章　（沉吟）时暮寒鸦啼，运乖老臣泣，有心射天狼，弯弓知何去！

（唱）寒鸦啼暮云沉愈添忧忿，
国运衰难为着古稀之人。
水师的将士们猛如鹰隼，
遇倭寇却还是溃不成军。
朝臣们恨不得将我拿问，
我心里有苦衷难以启唇。
百姓们提起我切齿痛恨，
谁知我为国家忧心如焚。
知我者谓我是心已操尽，
不知者斥我是国家罪臣。
功与罪且任由后人议论，
当下我最担心大清沉沦。

[幕僚甲上。

幕僚甲　大人，外面冰封雪冻，回屋去吧！

李鸿章　天再冷，也比不上黄海的水冷，黄海一战，北洋水师数千将士葬身大海，我这北洋大臣情何以堪！

[幕僚乙上。

幕僚乙　大人，新任广东巡抚马丕瑶求见。

李鸿章　（一愣）就说我偶感风寒，不能见客！

马丕瑶　新任广东巡抚马丕瑶拜见中堂大人。（马丕瑶跪地，马青霞随父跪。）

李鸿章　（冷冷地）马丕瑶，皇上命你彻查李瀚章，你却到这里来见我，就不怕会有人说你来跟我串通，说你是我的同党！我不见你，是为你好，恕不多谈，请回吧！（转身就走）

马丕瑶　中堂留步！丕瑶奉旨彻查李瀚章，自当秉公持正，若李瀚章有罪，断不宽纵，必上本参劾；若无罪，断不受人左右，必上本澄清。今日拜访中堂，实为广东海防，至于他人议论丕瑶早有所料，毫无所惧，绝不在乎！

李鸿章　（直盯着马丕瑶）听说你要筑炮台、买舰艇？

马丕瑶　正是。

李鸿章　你的银子从何而来？

马丕瑶　请户部翁大人拨款。

李鸿章　他给你了？

马丕瑶　没有。

李鸿章　你怎么办？

马丕瑶　再要！

李鸿章　再不给呢？

马丕瑶　再不给就请太后、皇上降旨拨款！

李鸿章　太唐突了吧？

马丕瑶　唐突？

李鸿章　今年是甲午年，太后要大办六十寿诞，翁同龢的钱要用在这件事上，你此时去要钱，将得罪谁？马抚台，三思呀！

马丕瑶　中堂大人，这……这我当如何是好……

李鸿章　自筹。

马丕瑶　自筹？（猛地从地上站起，欲晕倒，马青霞忙扶住）

马青霞　（着急地）李中堂？！为广东修海防，办水师，这等国家大事让我父亲自筹银两，于情于理，焉能讲得通啊？！李大人！（跪地）

马丕瑶　青霞！

马青霞　（唱）小女子跪在地叩头恳请，

我爹有许多话求你聆听。

三月前在宫中领了圣命，

抱病躯担重任巡抚广东。

他听说虎门口千疮百孔，

饭难咽睡难眠忧心忡忡。

又听说水师船风吹满帆才能动，

急得他连声吼顿足捶胸。

知海防竟落到这般情形，

他急着筹银两、筑炮台、买舰艇、添新枪、练强兵，

铸起铜墙保大清！

他想问哪国的大炮火力猛，

他想问哪国的兵舰快如风。

老父亲如今只有一个梦，

让大清在列强面前敢称雄！

[马青霞连连叩头。

李鸿章　（心疼地）姑娘，地上凉，起来吧！我何尝不想帮你父亲哪，只是……马丕瑶，要知道，这办好事也难啊，当务之急外须和戎，内须变法，要好生学习列强的长处。

马丕瑶　外须和戎，内须变法……我们想和，可洋人他不想和，难道我们总是束手就擒、割地赔款，大好河山任由洋人践踏？

李鸿章 （沉默）…… 人有十指，若临大难，必断一指方可保住性命……

马丕瑶 中堂大人！

李鸿章 也只好忍痛割舍。马抚台，该说的我都说了，恕不奉陪！

[李鸿章下。

马丕瑶 中堂大人！

幕僚甲 马抚台，中堂大人该讲的都讲了，这大冷的天儿，够给你们面子了！（马丕瑶拂袖而下）

马青霞 什么面子，要不是为了广东的事，我爹也不会大冷天跑到这儿来，他不是为自己争面子，他是为大清国争面子。

幕僚甲 大清国！

幕僚乙 争面子！

二人合 面子，呵呵呵！

[光渐灭。

第四场

[数日后。颐和园乐寿堂。正中有双人坐榻，榻中间有茶几。

[光绪搀扶慈禧上。慈禧一步一停，满脸怒气，推开光绪。

慈　禧 （唱）坐后宫观国事心烦意乱，

小皇帝持朝政大谬不然。

背着我与日本贸然开战，

到今日摆不脱日本纠缠。

我担心要提出割地赔款，

只好请英俄美调停斡旋。

惦记着六十岁寿诞大典，

决不能吉庆日再出事端。

[李鸿章、翁同龢上。

李鸿章　臣李鸿章拜见太后！（跪）

翁同龢　臣翁同龢拜见太后！（跪）

慈　禧　免礼吧。

李、翁　谢太后！（站起）

慈　禧　李中堂！

李鸿章　太后！

慈　禧　日本人抢占了咱大清藩属国朝鲜，打了咱北洋水师，占了那么大的便宜，他还让咱们赔他钱，这个日本国真是可恶！可是眼下还没法制服他，只有求和。叫你找的大不列坚、美利颠……

太　监　美利坚！

慈　禧　（猛怒）嗯……（转而又笑）居中调停，你办的怎么样了？

李鸿章　禀太后，臣和美国公使议过此事之后，美国政府已经回复，愿意出面调停。

慈　禧　吃亏嘛，是免不了的，少吃些就好。

慈　禧　翁师傅！

翁同龢　太后！

慈　禧　我的寿诞大典是要花些银子的，户部准备得怎么样了？

翁师傅　启太后，自庚子年始，历年与美国、法国、日本国所订之各项条约，赔款总数已达4400万余两，户部照例每年要还款付息，国库已近枯竭，虽如此，臣还是留了些银子以备庆典之用。

慈　禧　留够了吗？

翁同龢　怕是不够。

慈　禧　不够？！

翁同龢　太后，我与皇上商议过了，虽然国库银子不够，但可以向京师的大臣们募捐。

慈　禧　募捐?！我是穷得没饭吃靠别人施舍？看来，我是个多余的人哪，想过个寿诞都没人理会。

光　绪　皇阿玛，大臣们出的银子可不称募捐，而谓之贺礼，所有贺礼加在一起，寿诞依然华丽风光！

慈　禧　皇上，你说说，怎么个风光法呀？

光　绪　皇阿玛，容禀！

（唱）为操办皇阿玛万寿大典，
儿臣与翁师傅统筹全盘。
国库中已备好银两百万，
众大臣献贺礼堆金如山。
吉庆日在宫中百官朝见，
行大礼呼万岁声震九天。
管弦响起登车辇，
圣驾移往颐和园。
沿途高僧把经念，
街边红灯挂屋檐。
高搭彩棚唱大戏，
万民接驾跪路边。
寿筵设在排云殿，
且看我皇阿玛如坐云端福寿万年！

慈　禧　嗯，这倒有些普天同庆，万民同乐的样儿了！我是爱听京戏的，想着把杨小楼、谭鑫培、王……

太　监　（提醒）王瑶卿！

慈　禧　（心情大好）对对对，王瑶卿，给我叫到园子里，我要唱上它三天！（欲从坐榻上站起，主动把手交到光绪手里，让光绪扶她站起来。）

（唱）人一生真个是光阴似箭，

一瞬间已到了花甲之年。

想我这大半生命运多舛，

伤心事劳心事事事相连。

十六岁入皇宫将君陪伴，

二十七帝驾崩寡守宫垣。

我的儿继皇位可叹寿短，

四十岁失亲儿主政垂帘。

人说我心狠毒乾纲独断，

治国家无手段散沙一盘。

我在这皇宫中四十四年，

遇大险，除权奸，剿匪乱，平祸端，

步步惊心，一路艰难！

六十岁理应当办个庆典，

庆贺我妇人家也能够执掌乾坤，力挽狂澜！

光　绪　皇阿玛母仪天下。

众　人　太后恩泽四海。

慈　禧　哈哈哈……

马丕瑶　臣马丕瑶晋见！

[马丕瑶上。

马丕瑶　臣马丕瑶叩见太后、皇上！（跪）

慈　禧　马丕瑶，病好些了吗？

马丕瑶　蒙太后、皇上许臣在京医病，臣的病好多了。

光　绪　既然痊愈，就该出京赴任！今天李中堂也在这儿，当着他的面说说，你打算怎么查李瀚章？

马丕瑶　臣当秉公持正，若李瀚章有罪，必上本参劾；若无罪，必上本澄清。

慈　禧　李中堂，他是这么说的吗？

李鸿章　是。

翁同龢　马丕瑶，你跑去见李中堂就为了说这句话？

马丕瑶　我见李中堂，是想问筑炮台、买战舰需要多少银两，以便列出单子，请翁大人拨款！

翁同龢　你还列什么单子，我不是已经告诉过你，户部的银两动不得。

马丕瑶　翁大人，海防乃军国大事，户部的银两为何动不得？

翁同龢　朝廷自有用处。

慈　禧　马丕瑶！

马丕瑶　臣在。

慈　禧　你问户部的银子为何不能动，我来告诉你，那是留给我操办寿诞大典的。

马丕瑶　（激动地）太后、皇上，三个月前，臣受命巡抚广东，二圣曾嘱臣一要彻查李瀚章；二要重整海防。据臣所知，虎门炮台年久失修，无力封锁江面；广东水师皆是木板帆船，难与洋人铁舰抗衡。海防如此空虚，洋人一旦来犯后果可知。故此，臣恳请太后、皇上寿诞节约，省下白银，臣好重筑炮台，扩建水师，坚固海防，御强敌于国门之外，克倭寇于远洋之上，上不负朝廷之隆恩，下不负黎民百姓之所望；让大清重振汉唐之雄风，让国人恢复克敌之壮志，臣既受命，万死不辞！（从袖中取出奏折，双手高举）奏章一道，二圣御览！

慈　禧　马丕瑶！难道我的寿诞不该办吗？

马丕瑶　臣不敢，臣说的是要节俭！

慈　禧　花你的银子了？

李鸿章　（担心地）太后息怒！马丕瑶言辞不当，望太后开恩。

慈　禧　（强忍怒气）你们都给我听着，今后，谁让我一阵子不痛快，我就叫他一辈子不痛快！（拂袖而下，太监跟下。）

光　绪　既然没有治罪与你，就快快出京去吧！

马丕瑶　皇上，臣无有银子，如何重整海防？

光　绪　（想了想）自筹吧！（叹气下）

翁同龢　马丕瑶，幸亏太后夸过你是百官楷模，换了别人，就凭你刚才那番话，是要掉脑袋的！（下）

马丕瑶　李中堂，属下的话说得不对吗？

李鸿章　（似是回答，似是自语）大清国睡着了，睡着了！

［马丕瑶愕然。气愤地拿起手中的奏折，撕得粉碎摔在地上，不屈地昂起了头颅。

［光渐暗。

第五场

［两天后，马吉樟宅邸客厅，景同第二场。

［马吉樟身披斗篷，头戴风帽上。

马吉樟　唉！（唱）今日当值翰林院，
闻听父亲惹麻烦。
回家再把父亲劝，
莫再谏言肇祸端。

［马夫人、马青霞上。

马夫人　吉樟，回来了？

马吉樟　娘，我爹呢？

马夫人　唉，两天了，饭也没心思吃，一个人关在书房里，一坐就是一整天，也不知道他是咋了！

马吉樟　咋了，他惹祸了！

马夫人　（惊）吉樟，你别吓唬娘，你慢慢说。

马吉樟　翰林院里有几个人是翁师傅的门生，他们听翁师傅说，前天在宫里，我爹当着太后、皇上的面，劝太后寿诞庆典要节俭，要省下银子买炮舰，太后当时就发了火，说谁叫我一阵子不痛快，我就叫他一辈子不痛快，吓得皇上、李中堂、翁师傅都不敢吭声了。

马夫人　吉樟，还说啥呀？

马吉樟　还说啥呀还说……

马夫人　你爹他这是疯了，他疯了！他咋去得罪太后啊！

马青霞　那——爹会不会杀头、坐监啊？

马吉樟　听翁师傅的门生说，太后没说杀，也没说抓，发完火就走了。

马青霞　那就没事了吧？

马吉樟　怕是要革职了……

马夫人　革职好！革职好！革了他的职，我也就少操心了！

［马丕瑶上拿着几封写好的书信上。

马丕瑶　李全！李全！

马吉樟　爹！

马丕瑶　吉樟，你回来得正好，拿我的书信去趟山西会馆。吉樟你知道，我在山西做知县、做知州、知府，一直做到山西按察使、布政使，前后干了二十一年，与山西交情深，我想见见山西商号票号的东家们。

马夫人　你离开山西七年了，咋又想起见他们了？

马丕瑶　有事。

马夫人　有啥事？

马丕瑶　借钱。

马青霞　爹，咱家里还有钱！

马丕瑶　我不是借吃饭穿衣的小钱，我是借买火炮、买战舰的大钱！

马夫人　老爷！你刚得罪了太后，说不定啥时候她就把你抓了去，你现在还敢去借钱，借了钱你咋还？老爷，你就别找事了，中不中？

马丕瑶　太后真抓了我，我也就不用借钱了，可她不抓我，皇上催我快点出京上任，上任就得做事，做事就得用钱，可我没钱，如何出京上任呀！

马吉樟　爹，别怪我多嘴，您老身体本来就不好，这广东的差事又难办，太后能不能放过您，还难说，我和我娘的意思是您不如辞官回家图个清静。

马丕瑶　（不相信地）辞官？回家去图个清静？（恼火地）亏你还读过书，亏你还是进士！

马夫人　老爷！

马丕瑶　跪下！

马夫人　老爷！（马吉樟无奈跪下）

马丕瑶　跪下！背背范仲淹的那两句名言！背呀！

马吉樟　居庙堂之高则忧其民；处江湖之远则忧其君。先天下之忧而忧，后天下之乐而乐。

马丕瑶　背背林则徐留给左宗棠的那两句话！

马吉樟　苟利国家生死以，岂因福祸避趋之。

马丕瑶　光会背，能做得到吗？

马吉樟　我做不到！爹，朝中大臣分党立派，以李鸿章为首孝忠太后者，以谈判求和压制皇上之雄心；以翁同龢为首孝忠皇上者，以参劾李瀚章而扳倒李鸿章砍断太后之臂膀。像儿子这样不甘投靠某党某派者，实不知如何苟利国家，我不知该为谁忧！

马丕瑶　（一时无言）……

马夫人　老爷，你要办海防，人家不给你银子；你去查李瀚章，查出他有罪，太后李中堂恨你；查出他无罪，皇上翁师傅恨你！出京上任就是个大火坑，老爷你不能往里跳啊！

[李全持信上。

李　全　大人，广东水师提督沈立坤大人的急信！

[马丕瑶接信，打开。李全退下。

马丕瑶　（自语）疯子是着急了，广东水师的将士们都盼望着铁甲炮舰呀！我若不能带着银子去，岂不让他们心灰意冷……

马吉樟　爹，不是您让他们心灰意冷，是朝廷……

马青霞　爹，您到现在都没弄来钱，咋跟沈叔父说呀！

马丕瑶　我不能对不住疯子，对不住水师将士，我得借钱！赶快借钱！

[马丕瑶着急地从马吉樟手中夺过书信欲往外走。

马吉樟　爹，去不得。

马夫人　老爷，海防的事，太后不急皇上不急，李中堂翁师傅都不急，你急个啥?!

[马夫人从马丕瑶手中抢过披风，马丕瑶几欲发作。回来坐下。

（唱）老爷你莫怪我又来多嘴，
你可知你此时处境艰危。
去广东蹚不出四面祸水，
你纵然费尽心难逃是非。
一旦间龙颜怒降下大罪，
免不了要发配千里边陲。
出阳关走西域一路颠沛，
你怎能经得起碎石乱滚黄沙遮面朔风吹。
好端端一个家支离破碎，
再不知老爷你何时回归。
我只能在家中望天落泪，

说不定你未回我身已化成灰。

求老爷听我劝早把身退，

咱一家离皇城同把安阳老家回！

马丕瑶　夫人，我的好老伴呀！

［马青霞欲去劝母亲，被马吉樟拉着下。

（唱）眼含泪拉住了我的好老伴，

咱夫妻四十年心心相连。

你吃过多少苦从未抱怨，

为什么这一次总是说些不吉之言！

老太后真要想把我来斩，

决不会还让我活到今天。

劝寿诞当节俭并非谋反，

若因此就杀人她怎能心安。

我也知朝中臣相互羁绊，

只要我秉公心何惧猜嫌。

心装着广东事亟待去办，

再憋气再作难也要承担。

我已然六十四来日无多又把病染，

想为国家多做事又能做几年？

如今我只剩下一个心愿，

在南海筑雄关洋人兵舰难进犯，我死也安然！

马夫人　老爷，你干的是大事儿，我明白！

［马吉樟和马青霞上。

马丕瑶　明白就好！

马吉樟　爹，我现在就去山西会馆！

［马吉樟拿起桌上的信件欲往外走，马丕瑶拿起椅子上的披风。

马丕瑶　吉樟，天冷，披上。

［马吉樟下。

马夫人　老爷，你啥时候去见？

马丕瑶　我们约好明天一早在圆明园见。

马夫人　我陪你去吧！

马丕瑶　哎呀！我的好老伴啊！

马青霞　爹，我也去，我也去！

马丕瑶　好好好，明天我们一同去！

［光渐灭。

第六场

［前场的第二天。圆明园，残垣断壁，景象凄凉。

［山西商号东家甲、乙、丙、丁（简称商甲、商乙……）或壮年或老年，边聊边上。

商　甲　各位，就在这儿等吧。奇怪，马大人约咱们见面，既不去会馆也不去饭庄，要到这废园子里来，咋回事嘛。

马丕瑶　（热情地）各位东家，久等了！（连连拱手）

［马丕瑶身披斗篷上，马夫人、马青霞随上。

商　甲　马大人，你还认识我吗？

马丕瑶　（想）太原大德通票号的王掌柜！

商　甲　大人好记性！去年我在北京又开分号了。

马丕瑶　恭喜恭喜！

商　乙　马大人，我是米面行的——

马丕瑶　做米面的都是祁县人嘛！

商　乙　那我是……

众　商　韩老板！

马丕瑶　韩老板……哈哈哈！山西人会做生意呀，平遥人做颜料商号、临汾人做纸张商号、浮山人在前门外开了“都一处”，专卖烧麦，大名鼎鼎！还开了不少大票号，“蔚丰厚”“日升昌”还有你的“大德通”。

商　乙　马大人，如今我也做票号生意了。

马丕瑶　不得了，不得了，都不得了呀！

商　甲　马大人爱民如子，体恤民生，山西票号、商号们能有今天，离不开大人的关照，我们感恩戴德！

众　　　大人恩德，至今难忘！

马丕瑶　过奖了，夫人、青霞，与各位东家见礼！

马夫人　各位东家安好！

马青霞　各位叔父安好！

［马夫人、青霞分别施礼！众人回礼

商　丙　马大人，在这废园里说话，连个坐处都没有，各位，我做东，请马大人、马夫人、马小姐到我饭庄撮一顿，怎么样？

众　　　好呀！

商　两　马大人，请——

马丕瑶　各位！今日请各位到此，乃是有事相求。

（唱）在山西二十年情深难忘，

与各位也算是半个老乡。

众　　　比老乡还亲啊！

马丕瑶　（唱）前些时进京来见了皇上，

钦命我赴广东重整海防。

商　甲　大人乃国家栋梁，海防大任，非大人莫属！

马丕瑶　（唱）怎奈这国库中也少银两，

想做饭无柴米让我惆怅。

商　乙　原来是大人碰上难题了！

马丕瑶　（唱）为筹款急得我冥思苦想，

只好是请各位帮个大忙！

商　丙　大人的意思是——

马丕瑶　新任广东巡抚向各位东家借钱！

众　　借钱？

［众愕然，面面相觑。

商　甲　马大人，这大清国不会穷到这个地步吧？连国家的海防都得跟私人借钱了？

马丕瑶　若说国库无银各位自然不信。然大清六部七区十八省，用钱之处甚多，拨到广东，只是杯水车薪。我马丕瑶为此事忧心如焚，不得不向各位开口，还请各位多多帮忙。

商　乙　马大人恐怕恁是不会要，您得给回扣，人家给您拨一千万，您得给人家回个一二百万，要不人家肯定板着脸说没钱！

商　丙　马大人，重建海防没有上千万两银子是不行呀。马大人，这个数太大了，太大了！

马丕瑶　呵呵，山西的商号、票号甚多，我向各位或多或少分头借一些，一年借三百万、三年借一千万，这个数总不会让各位为难吧？

众　　这……

马青霞　各位叔父，我父亲说的是借！

马丕瑶　是啊，五年之后，我用广东的税银连本带息偿还各位！

商　甲　马大人，不是驳你的面子，像您这款数大，借期长，占着银子不能流动，这票号的生意可就没法做了。

（唱）这票号靠的是借贷放款，

放出款收月息才能赚钱。

商　乙　（唱）马大人你一借少说几十万，

恐怕是五年后也难归还。

商　丙　（唱）说起来不该驳大人情面，

可说到要放款实在为难。

商　丁　（唱）这银子一旦是不能流转，

俺这些商号就会是关门歇菜即刻玩儿完。

——马大人，我不得不驳你的面子了。

马丕瑶　看来，各位都有难处啊？我马丕瑶这次是真的难出这京城了。

马夫人　各位东家，老爷常说，他的公事我不能插嘴，可今天这事儿我不得不给各位说上几句了！

（唱）上前来给恁们施上一礼，

我知道他借款让恁惊奇。

他本可辞了官回到家去，

却不忍再见那洋人杀来百姓流离。

他今天来求恁不是为自己，

是为着大清国不受人欺。

我求恁体谅他实在不易，

能帮他在广东打败强敌。

商　甲　夫人，你说的有道理，让我们回去再商量商量……

马丕瑶　各位东家，各位掌柜，我不敢勉强各位，今日请各位到此，就是想让你们知道，国门不严，终有一天，咱们整个国家都会像这圆明园一样，变成一片焦土！看着它，怎不伤痛！怎不惊心！怎不愤慨！

（唱）身为国家一子民，

当怀一颗忧国心。

一朝头上悬血刃，

万贯家财等浮云。

莫道我空手难上任，

国遭难自有义民敢挺身。

此去广东难回晋，

请各位代我问候老乡亲！

——告辞！

商　丙　马大人！我们真该掌嘴！马大人放心，在您离京之前，我发动在京的商号，先给您凑足二十万两银子！

商　甲　我串联所有的票号，给您凑足六十万两银子，您带上汇票，到广州分号直接提取！

商　丙　我个人捐款三万两银子！

商　丁　我捐五万两！不！八万两！

[各位东家们纷纷高喊着捐银，马丕瑶感动万分。

马丕瑶　各位东家慷慨解囊，丕瑶感激不尽，来，请受丕瑶一拜！

[马丕瑶一拜再拜，马夫人、马青霞也连连施礼。

[光渐暗。

第七场

[第二年，1895 年，光绪二十一年初夏。

[广州虎门炮台下，远处是浩渺的珠江口。

[众多清军兵勇四人一组抬着整块的条石上，有的正往虎门山上抬，有的提着杠棒、绳索正从山上往下走，边走边擦汗水，一派热火朝天的景象。

[沈立坤大步走上。

沈立坤　好哇，这场面真叫人痛快呀！

（唱）看眼前风风火火好气派，

将士们大汗淋淋筑炮台。

等买来坚船利炮守南海，

我看你洋人兵舰咋进来！

［陈炎和数兵勇上。

陈　炎　大人，您说的德国大炮啥时候到呀？

众　兵　是啊，什么时候到啊？

沈立坤　你小子着急了？

陈　炎　弟兄们都着急呀！

兵　甲　提督大人，我听说德国的大炮能就地转圈？

沈立坤　嗯，不错！

兵　乙　听说那德国人的大炮不但能转圈，还能连发？

沈立坤　嗯，不错！

兵　丙　人家的炮打的是开花弹？咱们的炮打的是大铁球。

兵勇乙　人家的大炮想往哪儿打就往哪儿打。

兵　丁　是啊，人家的大炮打得远打得准。

陈　炎　眼下咱也有这家伙了，他娘的，咱有了这家伙，也等着听洋人哭爹叫娘啦！

沈立坤　有了新炮你们都得爱惜，知道吗，建炮台买新炮，算下来一座炮台就得十二万两银子，这可是马抚台费尽心思、磨破嘴唇借来的，你们哪个要给我鼓捣出毛病来，我要他的脑袋。干活去！（沈立坤和众兵下。）

马丕瑶　（幕内唱导板）南海风吹来了扑面热浪——

［马丕瑶精神抖擞上。李全随上。

马丕瑶　（接唱回龙）

正月末到任上，查督臣，整海防，

办团练，禁赌场，百事在心日夜繁忙！
到广州既四下明察暗访，
要查清李瀚章是否贪赃。
问百官访货商复核文档，
终断定老总督实属冤枉。
多亏了晋商们借我银两，
才有这千军万马、斗志昂扬重筑海防。
在黄海北洋水师打了败仗，
在南海岂容洋人犯我海疆！
马丕瑶站江岸极目远望，
白发人当竭力守卫这锦绣家邦！

[沈立坤扛着杠棒和数兵勇从山坡上走下。

沈立坤　马抚台！

马丕瑶　疯子，干得不错！

[沈立坤把杠棒交给一兵勇，兵勇们下。

沈立坤　马抚台，我这炮台可是动工了，可我的铁甲舰——

马丕瑶　等凑够二百万两，马上再订造一艘最好的战舰！

沈立坤　要订就订个七艘八艘的，那才像个水师呢！

马丕瑶　你这个疯子！山西商号、票号的东家们已然尽力，咱不能再给人家添麻烦了。

沈立坤　嗯，只要马抚台不离广东，我这水师就有盼头，到时候，我就能大干一场了！

[马青霞高喊“爹”，急上。

马青霞　爹，疯叔叔，山西的商家们给您送来一封急信！

马丕瑶　念。

马青霞　（读信）马抚台亲鉴：因李中堂与日本国签订《马关条约》，内有大清国赔偿日本国白银两万万两之条款，户部尚书翁同龢大人已向我等每年借银三千万两用于赔偿日本，故而，无力再向广东放款，所允诺之捐款，亦无法筹措……

沈立坤　（惊）什么？

马丕瑶　（欲倒地，众人忙扶住。）你再念一遍。

马青霞　所允诺之捐款，亦无法筹措……

［马丕瑶浑身颤抖，昏过去。

［陈炎等兵勇们涌上。

众　马大人，马大人！

马青霞　爹！

马丕瑶　（边吟边颤巍巍地从地上挣扎站起来）

京城一信，撕肝裂胆，
苦心一片，化作云烟；
亡国之日，为时不远，
可怜百姓，痛失家园；
有心报国，无力回天，
极目南海，枉自凭栏；
哀哉，问苍天，谁挽狂澜？！

［病情发作，双手捂着胸口，身倒地。

马青霞　（扑过去）爹……

［众人跪下。

李　全　赔款！赔款！啊……

［疾手挥刀向岩石上砍去。

沈立坤　没有大炮，没有铁舰，我们有血肉之躯，我们敢拼！

众　（声震山岳地）我们敢拼！

马丕瑶　为保国土，为了尊严！要拼，要拼！

[幕内雄壮的男声合唱：

“国有殇，心凄凉，

神州出路在何方。

珠江掀起滔天浪，

且看中华起苍黄！”

[剧终。

注：大型豫剧《马丕瑶出京》2014年获第十三届河南省戏剧大赛文华剧作奖；同年获河南省“许昌杯”黄河戏剧大赛金奖，本人获编剧奖；被河南省委宣传部立为“中原人文精神精品工程”2014年度重点项目；荣获第四届黄河戏剧奖·戏剧文学奖。

大型新编蒲剧

铁牛村

时　间　现代。

地　点　铁牛村。

人　物

梁三牛　男，39 岁，铁牛村村委会主任。

马守正　男，46 岁，铁牛村党支部书记。

雷大妈　女，65 岁，雷志诚养母。

朱万豪　男，43 岁，铁牛村养猪大户。

朱梦瑶　女，30 岁，朱万豪妹妹，水利局农水股股长。

赵永康　男，50 岁，铁牛村村民。

钱德旺　男，34 岁，铁牛村村民。

孙二强　男，28 岁，铁牛村村民。

李满仓　男，33 岁，铁牛村村民。

工头、农经林干部、司法干部、村民若干。

古老的河东是中华民族的发祥地，淳朴的人们世代生活在中条山下，他们祖祖辈辈在黄河畔繁衍生息，皇天后土孕育出这里的酒香人厚！随着一声高亢激昂的蒲州梆子的男生高腔，主题歌轰然唱响……

主题曲：啊——哎嗨——

中条山，苍龙走，

河东酒美人风流。

蒲腔古调声声吼，

黄河铁牛昂起头。

三晋大地乡情厚，

尧天舜日更上一层楼。

[这首主题歌——她带着历史的沧桑、带着黄土的气息，仿佛让我们沐浴到中条山的劲风，聆听到黄河的激流；仿佛让我们看到了蒲津古渡繁华，感受到了黄河铁牛的刚强！随着这首主题歌大幕徐徐拉开——

第一场

[铁牛村有一座古老的戏台，风蚀雨侵已让它失去当年傲人的风貌，但让人感到它的沧桑，铁牛村村委员会就在古戏台附近，这座戏台也是村民们开会、聊天、休闲、娱乐的场所……

[画外音："呋呋——喂！喂！吱——（音箱噪音，大家堵上了耳朵）后晌大家到戏台前开村民议事会！啥事到了就知道了！大事啊！都来啊！都来！"

[村民们陆续上场……

赵永康　又开，开啥会呢？

村民甲　去了不就知道啦！

钱德旺　不用说，又是让交钱！

赵永康　乌、乌鸦嘴！你咋不往好地儿想！

村民乙　你咋不说发补贴呢？！

钱德旺　想得怪美！能发啥补贴？

孙二强　外国都跟咱借钱，咋就不能发补贴？！

赵永康　就，就是……

[画外音：“集合啦！开会啦！”

众　人　开会啦！（招呼大家）开会啦！

赵永康　（唱）三五成群去会场，

钱德旺　（唱）有说有笑脚步忙。

村民甲　（唱）村民议事心敞亮，

村民乙　（唱）民主决策暖心房。

孙二强　（唱）七嘴八舌精神爽，

赵永康　（唱）咋就没见老村长。

马守正　（唱）市里住院卧病床，

孙二强　（唱）村里缺少领头羊！

[众村民乱哄哄地聊天说话。

马守正　好了好了！大家都别说话啦！都安静一下！主任啊……病啦！还在市里住院！今天我来开这个会！有几个事儿跟大家商量商量：第一，咱村集资修路的事……这个……

赵永康　修……路？好好的，修啥路呢？

钱德旺　集资？咋还让咱自己掏钱呢？

村民甲　那得掏多少啊！

众村民　就是！掏多少钱？

马守正　这次，上头拨下一笔修路款，镇政府答应再帮咱们解决一部分，剩下的需要大家集资，根据每户人口和家庭的实际情况，大家看看这钱怎么拿？出多少合适大家商量个数！

村民甲　我家是低保户，我少交点吧？

孙二强　我是留守儿童，不用交了！（众人哄笑）

钱德旺　我超生刚罚了款！没钱！

赵永康　不管你们交，交多少，我只交你们的三分之二。

村民甲　咦！你为啥少交啊？！

赵永康　我是一只脚走路！（用瘸脚走了两步）

村民乙　另一条腿就不挨地了？

赵永康　挨地也是轻轻点，点一下！

［众哄笑。

钱德旺　要我说，这集资得根据各家情况自愿集！

村民甲　自愿集资？到时候谁交了多少，我们咋知道啊。

马守正　我们还是本着财务、党务、政务三公开的原则，这是个重点财务项目，到时候一定会公开。

［汽车笛声“嘀嘀”……

赵永康　听，汽车声，梁三牛回来了！

钱德旺　有汽车的得多交！

村民甲　梁三牛是大老板，到时候让他多集点儿！

［朱万豪和朱梦瑶上。

村民乙　哎，不是牛，是（猪）朱！

［众人哄笑。

朱万豪　笑啥嘛？咋了？

钱德旺　朱老板掏钱吧！

朱万豪　啥？

赵永康　集资！修路！

朱万豪　哦！又集资……

朱梦瑶　大家放心，我哥肯定会多拿钱！

朱万豪　嘿！胳膊肘还往外拐……

马守正　梦瑶回来了？

朱梦瑶　回来了！帮俺哥几天忙！

钱德旺　学霸还会养猪？

朱梦瑶　我天天下乡采数据搞调研，不比养猪轻松！

赵永康　吃公家饭也不容易啊！

孙二强　瑶姐，这股长都当上了，啥时候吃你的喜糖啊？

朱万豪　滚，哪壶不开你提哪壶！

［内喊 梁三牛回来啦！李满仓上。

孙二强　牛哥要回来啦！

李满仓　是啊，牛哥真牛！人牛，车更牛！

（唱）那越野车四个轱辘像石磨，

孙二强　我坐过牛哥的越野车，那真是——

（唱）风驰电掣车速一百五十多。

李满仓　（唱）超过轿车撵摩托，

孙二强　（唱）马达声声震耳朵。

李满仓　（唱）村口停车步行过，

孙二强　不用说——

（唱）招呼打得很谦和。

李满仓　（唱）寸头墨镜皮夹克，

二　人　（唱）气场十足笑呵呵。

梁三牛　（内喊）说我啥那！

［梁三牛上。

朱梦瑶　大家都在说三牛哥的车……牛！

梁三牛　车牛有啥用！路太窄，拐不进来！

马守正　三牛，你来的正好，我们正在开会。

钱德旺　内容就是集资修路……

梁三牛　这路早该修修啦！

朱万豪　梁三牛！你把车停在村口？我的车咋出去啊？

梁三牛　你现在又不走，开完会再说！

朱万豪　我现在就走！

朱梦瑶　你俩儿咋一见面就掐！

梁三牛　朱老板，你那集资修路的钱准备好啦？

朱万豪　你又不是村主任，凭啥管我？！

梁三牛　我不是村主任，就不能问问啦？

马守正　好啦好啦！还有这第二件事！就是选村主任的事！要换届啦，大家心里先物色个人选。

朱万豪　我回去养猪啦！你们接着开会吧！

梁三牛　朱老板！

朱万豪　又干啥？

梁三牛　先别走啊，你是党员，又是咱村的养猪大户，集资修路你肯定得发挥党员先进性！是吧？

朱万豪　你！（赌气地）好！我……我出五千！

众村民　（议论）五千！真不少啊！

孙二强　呵！今天铁牛村的人都牛起来啦！

赵永康　你少说话！

梁三牛　五千？不少！大家听好了，大伙修路集资的钱——我梁三牛全包了！

众村民　啊！我的娘啊！全包啦？！

孙二强　牛哥就是牛！

钱德旺　车牛！人牛！办事牛！

梁三牛　乡亲们！

（唱）我三牛没有啥非分之想，
总想给乡亲们帮点小忙。
开酒厂赚了点散碎银两，
花不出去我的心憋得慌。
致富路上我和恁一起闯，

佳肴美酒咱们天天品尝。

李满仓　（唱）这口气大的能把铁牛装，

马守正　（唱）这口气越听越像山大王！

钱德旺　牛哥说的对！

孙二强　鼓掌！鼓掌！

众村民　（议论）可真牛……

朱梦瑶　我反对！（静场）

朱万豪　傻啊！你反对啥？

梁三牛　梦瑶，别担心，牛哥我有钱！

马守正　三牛，这事儿开会商量商量再决定吧！

梁三牛　还商量个啥！我掏钱，我说了算！这事儿就这么定啦！

钱德旺　牛哥说得对！

孙二强　定啦！定啦！

朱梦瑶　不行！

钱德旺　梦瑶，你不了解咱村的问题能不能少说两句啊！

朱梦瑶　咱村有问题！有大问题！

众村民　（一起）大问题？啥大问题？！

[走到赵永康身边。

朱梦瑶　永康叔，你这腿不是从小就这样吧？

赵永康　你这娃，拿我这瘸腿说啥事儿！

朱梦瑶　小时候我记得你可不是这样！

村民甲　人老了身体都会出毛病，他应该是风湿类风湿吧！

朱梦瑶　这是咱村的水造成的！

众　　　水？

村民甲　咱村可是正宗的山泉水！

村民乙　对嘛！咱的水甘甜可口，有啥问题？！

马守正　梦瑶，话可不能乱说！

朱梦瑶　大家再看看二强这满嘴黄牙！

孙二强　（恼羞成怒）我就问问啥时候吃喜糖，你就报复我！

[气得一跺脚跑下。

赵永康　梦瑶，我老了，你咋说都行，这么多人你不该说他！

马守正　年轻人好面子！

赵永康　哪是好面子啊，前一段给他介绍个对象，人家嫌他满嘴黄牙！没成，受刺激了！

钱德旺　二强不出去打工，因为这个啊？！

村民甲　咱村哪个不是满嘴黄牙！

朱梦瑶　为什么我们这里的每个人都是黄牙？

赵永康　一方水土养育一方人，别人想黄还没法黄呢！

村民甲　你黄我黄大家黄，不黄就是不正常呗！

朱万豪　梦瑶，别再胡说了！

朱梦瑶　永康叔的腿和咱们牙，是长期饮用高氟水造成的。

梁三牛　梦瑶！赶紧回家！（梁三牛推朱梦瑶下）

朱万豪　梁三牛，你赶快把车开走，我还要回家喂猪呢！

梁三牛　慌啥，开完会就挪！

朱万豪　跟你说不通……（朱万豪拉着朱梦瑶下）

村民乙　有文化真可怕！

村民甲　有事儿没事儿吓大家！

梁三牛　为了给大家压惊，今天晚上我请客，戏台前搭大棚，都来啊，咱们吃酒席！看大戏！

赵永康　是得压压惊！

钱德旺　叔，这惊能不能压住？

赵永康　只要有酒喝就能！

众村民　（兴高采烈的）吃酒席！看大戏喽！

［暗转，晚间。

［戏台上出现戏中戏传统蒲剧《周仁献嫂》——

［杜学文（唱）出奇谋平倭寇万民欢唱，
奉圣命今日里凯歌还乡，
除国贼灭奸党重整朝纲。

［过门接唱——

梁三牛　（唱）梁三牛回村来心如潮涨，
下商海扬力帆乘风破浪。
办酒厂十余年东奔西忙，
生意广财源旺四海三江。
修油路我慷慨解囊理所应当，
为乡亲多做点事心中暖洋洋。
我也盼乡亲们日子年年旺，
我也盼铁牛村一天更比一天强。
家乡的人 热情质朴心善良，
家乡的酒 香甜淳厚醉心房，
家乡的山 峰峦叠嶂风送爽，
家乡的黄河铁牛岿然不动屹立东方。

［马守正上。

马守正　三牛！

梁三牛　来了！

马守正　我替乡亲们谢谢你！

梁三牛　谢啥！当年要不是乡亲们你一碗饭我一个馍接济我，哪有我三牛今天。

马守正　你做事有魄力，老主任一直推荐你当下届的村主任。

梁三牛　当村主任？

马守正　你考虑考虑？

梁三牛　嘿嘿！我……不想当！

[收光。

第二场

[两个月后的一天傍晚，雷大妈家。

雷大妈 （唱）中条山夕阳照云霞烂漫，
鸟入林燕归巢鹊落屋檐。
花甲年不服老把果枝来剪，
果园里剪果枝我干劲冲天。
这果园是雷家的铁饭碗，
它与我风雨相伴三十年。
一个寡妇养俩娃，
全靠果园撑门面。
干完活把家还，
身虽累心内安。
闺女是我的小棉袄，
远嫁他乡到江南。
三牛娃办酒厂东跑西颠，
脑子活效益好出手不凡。
离婚后他一人如同孤雁，
我想见孙孙面比登天还要难！
儿孙自有儿孙福，
我心祈祷保平安。

［一阵眩晕，忙扶住身边的椅子。

盼只盼孩子们常回家转，

多陪我说说话来聊聊天。

［梁三牛上。

梁三牛　娘！

雷大妈　哎！

梁三牛　我回来了！

雷大妈　回来了！

梁三牛　看！这是啥？！

［梁三牛拿出一件西装。

雷大妈　给我买的？

梁三牛　给您买的！

雷大妈　你又乱花钱！

梁三牛　也没多少钱！

雷大妈　这是啥衣服？

梁三牛　西服套装，领导的夫人在正式场合都穿它！

雷大妈　我天天在果园里干活，哪有机会穿？

梁三牛　咋没机会穿？！你看，就连牵牛的都穿它！

雷大妈　（笑）又胡说八道哩！

梁三牛　娘！（唱）不是我胡说八道把话喷，

你看那铁牛旁边牵牛人。

那铁人翻领西服穿在身

古代人穿上西装也美得很。

依我看西服不是啥舶来品，

咱中华倒是它的源它的根。

雷大妈　以后不许乱花钱了？！

梁三牛　好！咱试试？

雷大妈　试试就试试！

［雷大妈穿新衣，梁三牛给干妈系扣。

梁三牛　嗯！可精神！

雷大妈　别动，有根白头发！

梁三牛　快给我拔掉！

雷大妈　拔一根儿长两根儿啊！

梁三牛　快拔快拔！给我拔！

［三牛扶雷大妈坐到椅子上，蹲下倚在雷大妈身前。

雷干妈　好，给你拔！快四十了，哪能不长一根儿白头发！

梁三牛　呀，明年我就四十了！

雷大妈　听娘的，赶紧把她娘儿俩接回来！

梁三牛　我的事儿，你别管！

雷大妈　我不管，你想让谁管？

梁三牛　她快结婚了！

雷大妈　啊！这么快！

梁三牛　是她的初恋！

雷大妈　赶紧把亮亮接回来，我养！

梁三牛　哪个孩子能离开妈啊！

雷大妈　我就能把孙子养结实喽！我想亮亮了！

梁三牛　我下星期就把他带回家，让你亲个够！

雷大妈　这还差不多！

梁三牛　娘你还是快点把果园还给大队，享享福吧！

雷大妈　打住。孙子不让养，果园必须得让我种！

梁三牛　娘！

（唱）三牛我自幼丧父母，

人野心硬性情孤。

缺衣少粮好对付，

失亲娘心缺一角难补足。

自从干妈收养我，

不图回报只付出。

悄悄话只在娘的耳边诉，

受了屈也能在恁面前放声哭。

早把养娘当亲母，

你身健康我幸福。

当年你为我们受了苦，

待我像亲生儿如同己出。

乌鸦会反哺，

羔羊能跪乳。

生育没有养育重，

不孝敬恁我猪狗不如。

雷大妈　三牛啊！

（唱）三牛儿你莫要见外，

恩养你我理所应该。

你从小吃过几家的饭，

有多少人把你抱入怀。

没爹娘你却得到全村人的爱，

瘦弱的苦苗儿如今长成了材。

你要把全村老人当爹娘看待，

这才是三牛报恩的一片情怀。

梁三牛　这回咱村修路乡亲们集资的钱我全包了！

雷大妈　啊！

梁三牛　娘放心，钱我有！

雷大妈　你啊！好，只要你认定的事，娘支持！但是，早点儿领个媳妇儿回来！

梁三牛　早就有目标了！

雷大妈　快领家让我看看！

梁三牛　别慌！好事多磨。

［孙二强、李满仓来。

李满仓　牛哥回来了？

雷大妈　二强和满仓来了，快坐，大妈做几个菜，哥儿几个在家好好喝两盅！

梁三牛　我要吃臊子面！

雷大妈　好，我这就去买菜，你们等着啊！

［雷大妈下。

梁三牛　你俩来干啥？

李满仓　牛哥！我们……

孙二强　我们就是怀念你！

梁三牛　啥？！

孙二强　想念你，想……就是想你！

梁三牛　啥事说吧？

李满仓　牛哥，朱万豪想当村主任！

梁三牛　他要当上村主任，我就能当美国总统。

孙二强　牛哥，我们想选你当总统！不对，当主任！

梁三牛　选我？

李满仓　对！牛哥！

二　人（唱）你是我们心中的偶像，

你是我们心中的太阳。

李满仓（唱）你叫我杀鸡我绝不宰羊，

孙二强　（唱）你叫我打井我绝不拆房。

李满仓　（唱）你要我编筐我绝不锔缸，

孙二强　（唱）你要我抵抗我绝不投降。

二　人　（唱）你让我们当老道，

我们绝不当和尚。

你让我们联合美羊羊，

我们绝不讨好灰太狼。

梁三牛　我看你俩应该检查检查智商！

李满仓　智商不智商先放一旁。

孙二强　你要不当那朱万豪就当！

梁三牛　怎么，朱万豪真想当村主任？

李满仓　他说他比你强！

孙二强　他说你是地上的妖怪，他是天上的神将！

李满仓　他是天蓬元帅！你是那牛魔王！

二　人　你老牛太霸道！他老朱超善良！

梁三牛　他当村主任？休想！

（唱）朱万豪说这话太不自量，

养猪匠怎能当那状元郎。

猪鼻子插大葱他愣装大象，

他肯定有私心我不得不防。

梁三牛当主任要算明账，

花钱事我全包绝不是逞强。

李满仓　牛哥说得好呀！

孙二强　我们支持你！

李满仓　我们是你的死党！

孙二强　时刻为牛哥准备着！

[朱梦瑶上。

朱梦瑶　牛哥！都在啊！来来来，我给你们说说饮用水的事！

李满仓　这水和二强的黄牙真有关系？

朱梦瑶　二强的牙就是这个原因造成的！

孙二强　又拿这个开涮！不跟你们玩了！

[孙二强急下。

李满仓　哎，二强，不是说好了陪三牛哥喝两盅吗？

孙二强　牙恁黄！咋张嘴，不喝了！

李满仓　对不住了三牛哥，回头我们再喝吧！

[李满仓跟下。复上。

李满仓　牛哥，你俩是绝配，看好你哟！（下）

朱梦瑶　他说什么？

梁三牛　他说，你哪壶不开提哪壶！

朱梦瑶　牛哥，这几天我一直在附近采集水样……

梁三牛　停，你工作上的事儿我不懂！

朱梦瑶　这是咱们的大事。

梁三牛　牛哥也给你说件大事，你给我把把关！

朱梦瑶　好！

梁三牛　我想回村竞选主任？

朱梦瑶　绝对支持！

梁三牛　支持？你哥也要竞选？

朱梦瑶　牛哥（唱）你从小是咱村的孩子王，

初中、高中当过大班长。

虽然你那年高考落了榜，

当老板下海经商更风光。

你可是走南闯北见识广，

驰骋在生意场信马由缰。

我哥在村里虽说也有个养猪场，

和你比他缺少魄力也没啥眼光！

我真心实意支持你当村长，

你带头铁牛村肯定会富强。

梁三牛　你一个水利局的，还管我当不当主任？

朱梦瑶　人家支持你嘛！

梁三牛　说，又有啥目的？

朱梦瑶　嘿嘿，你看出来了！

梁三牛　你和我妹妹小时候天天扎到一起玩，一用这个口气说话就有事儿求我！

朱梦瑶　不愧是我的牛哥！

梁三牛　快说！

朱梦瑶　还是水……

梁三牛　免谈！

朱梦瑶　（撒娇地）哎呀！牛哥，你听人家说嘛！

[李满仓跑上，尴尬。

李满仓　这，这，三牛哥！雷大妈晕倒了！

梁三牛　在哪？

李满仓　小卖部门口！

朱梦瑶　快送大妈去医院！

梁三牛　车在村口停着！

朱梦瑶　快走！

[众人急下。

[苍凉略带一丝忧愁的女生独唱形式的主题歌响起。

[收光。

第三场

［数日后，上午。

［铁牛村戏台前。

马守正　铁牛村村民委员会换届选举大会投票开始！

众村民　（合唱）村里选举喜洋洋，

投下选票一张张。

挑个能人当村长，

大家都能沾点光。

这届主任谁来当，

人人早已肚里装。

不是姓朱就姓梁，

就看谁的实力强。

马守正　梁三牛、朱万豪、票数相等！

众村民　用不用重选？！

朱万豪　不用！不用！这不我妹也在嘛，她昨天才从城里回来，她还没投！

马守正　啊？这！

村民甲　这公家人也有选举权？

朱万豪　有，咋没有？她还没出嫁，就是咱铁牛村的人！

朱梦瑶　我这一票……就投给……

［飞快地跑到梁三牛面前。

朱梦瑶　牛哥！

众村民　（惊愕）啊！（忽而）好！好！

朱梦瑶　哥，其实当干部不如老板舒服！

朱万豪　你……你……

马守正　大家安静，梁三牛以微弱的票数胜出，当选为本届的村委会主任！大家鼓掌祝贺！梁主任说两句吧！

梁三牛　没啥说的！还是老规矩，我请大家吃酒席！看大戏！

众村民　好！好！

孙二强　牛哥真牛。

朱梦瑶　牛气冲天。

朱万豪　牛啥牛！

［内喊：开席喽！

梁三牛　（唱）头杯酒三牛我先干为敬，

马守正　（唱）祝你当选主任万里鹏程。

朱万豪　（唱）酒倒不满就是心不诚，

钱德旺　（唱）把杯添满就像汽车灯。

梁三牛　（唱）三牛我请守正多多照应，

马守正　（唱）干工作你我都是排头兵。

梁三牛　干！

孙二强　（唱）我们也把梁主任你来敬，

李满仓　（唱）致富路带领我们往前冲。

梁三牛　（唱）能行！能行！准能行！

梁三牛　干！

赵永康　（唱）一起仰脖往……往下送，

李满仓　（唱）“吱——”喝它一个鸟叫声。

梁三牛　（唱）以后咱还是兄弟相称，

乡亲们酒莫停杯莫空。

今天人人要尽兴，

杯见底绕一圈就像那探照灯。

众村民 （唱）千言万语话都在美酒中，

一滴不剩喝个倒挂金钟。

梁三牛 梁三牛保证……我当村主任绝不让大家掏一分钱……

孙二强 牛哥真牛！

村民甲 大戏开始啦！看戏去啊！

[时空转换，晚间。

[戏台上 戏中戏。传统蒲剧《黄鹤楼》——

周 瑜 （唱）想当年借我荆州地，

你立约盟誓信又诚。

今逾期多年无动静

又故弄玄虚诓江东。

说什么取川再还送，

分明是霸业不还谋我的荆州城。

[与此同时，梁三牛醉醺醺地对马守正说着酒话——

马守正 三牛，不，梁主任！

梁三牛 哎！这回咱俩一起并肩战斗……冲锋……让咱铁牛村的乡亲……快富起来……

马守正 你说说咋着快富起来？

梁三牛 我梁三牛全包了，谁也不用多花一分钱！

马守正 你凭啥全包？

梁三牛 就凭我是村主任。

马守正 那我还是村支书哩！论年龄我比你大，论当官我比你时间长！

梁三牛 对，我是你选出来的！

马守正 你是大伙选出来的，以后村里有事要发扬民主！

梁三牛 啥叫民主？

马守正 一事一议，民主决策！

[在传统蒲剧《黄鹤楼》的过门儿中接唱——

马守正　（唱）铁牛村要发扬民主先进性，

梁三牛　（唱）我掏钱我作主谁人都别吭！

马守正　（唱）勤正衣冠常洗澡你多照照镜，

梁三牛　（唱）莫上纲莫上线我最烦多嘴精！

马守正　（醉态中站起）梁三牛，你咋说话呢！

梁三牛　没听懂啊！

马守正　这尾巴翘起来了啊！

梁三牛　我一直都很高调！

马守正　你听不听劝？

梁三牛　你一直在说！

马守正　你啥态度？没法跟你沟通了！

梁三牛　我也没想着跟你沟通。

马守正　我走，我辞职！不干了！

梁三牛　走就走，看我一个人照样能让乡亲们过上好日子！

[二人大醉，轰然倒地。

[朱梦瑶蹲下痴痴地看着醉酒中的梁三牛。

幕　后　（唱）从小长大的乖乖女，

心中有个小秘密。

最爱你身上的霸气，

更想和你配夫妻。

[收光。

第四场

[数天后，汽车笛声响。

[梁三牛新办公室。李满仓指挥工人卸车搬家具。

李满仓　办公桌别放横梁下，往这边挪挪。(抬沙发的工人上)

李满仓　哎，沙发不能正对门，往里靠靠。(工人调整)

李满仓　办公桌后面不能是空门，得靠墙放！

[赵永康、钱德旺、孙二强上。工人下。

李满仓　谢哥几个啊！

赵永康　乖乖！

钱德旺　真奢侈！

孙二强　真辉煌！

众　金碧辉煌。

李满仓　那是，我的眼光还是与时俱进的！

钱德旺　这办公桌气派！

赵永康　沙发是真皮的？

李满仓　连大班椅都是全真皮！

孙二强　啧啧啧！瞧瞧这椅座、这扶手、这靠背（坐上去）这靠枕（头后靠）舒服！（转了一圈）真舒服！

钱德旺　我也试试！（坐沙发）

赵永康　茶几上面是，是啥？

李满仓　茶具！

赵永康　乖乖，这得，得多少钱？

李满仓　不知道啊！

孙二强　你不是全程负责？

李满仓　我只负责挑样式，牛哥说他回来算账。

钱德旺　是花村委会的钱？

孙二强　不会不会！

赵永康　他手里有，有恁多钱？

李满仓　肯定有！

孙二强　修路款他都能拿，还在乎花这俩小钱？！

李满仓　多亏修好路，要不家具得卸村口！

钱德旺　路修好了就是方便！

　　　　［梁三牛上。

梁三牛　不方便我也不会往外拿钱！

孙二强　牛哥来了！

梁三牛　叫主任！

众　　　梁主任！

梁三牛　哎！哈……

李满仓　梁主任，快来看看你的办公室！

（唱）这是最好的风水宝地，

为装修让我费尽心思。

开关按钮都认真设计，

墙上刚刚刷的立邦漆。

吊顶地板和灯具，

空调花草都备齐。

这张桌子这把椅，

样式气派价格低。

这款沙发很大气，

能坐能躺还能倚。

茶几上面放茶具，

闲暇时候把茶沏。

众　　（唱）赶上私人会所 VIP，

办公休闲两相宜。

梁三牛　是个做助理的好苗子！

众　　李助理！（众大笑）

［马守正上。

马守正　三牛！

梁三牛　老马！快来看看我的新办公室，咋样？

马守正　感觉太高调！

梁三牛　像我这样的成功人士就配有这样的办公室！

马守正　三牛，你要常洗洗澡照照镜！

孙二强　牛哥不干净？

马守正　我是让他自省！

梁三牛　这是我娘的化验结果！（掏出递给马守正）

［李满仓示意，众人退下。

马守正　氟严重中毒？！

梁三牛　已经损伤到神经了。

马守正　有什么治疗方案？

梁三牛　办法只有一个！

马守正　什么办法？

梁三牛　不再喝含氟水，才控制住病情发展！

马守正　那让她住城里别回来！

梁三牛　志玲在江南，我又离婚了，谁去城里照顾她！

马守正　是个事儿啊！

梁三牛　咱村还有很多这样的人，都搬到城里去？！

马守正　确实是个事啊！

梁三牛　今天找梦瑶聊了聊，她说永康叔或许不久连路都走不了了！孩子们长期饮用这种水，还影响智力呢。

马守正　那咋办？！

梁三牛　马书记！

（唱）我的书记哥，

你坐下听我说。

氟像个无情的大恶魔，

损坏人的牙齿和骨骼。

长期饮用铸成错，

它能让你头痛、头晕、骨骼变形把背驼。

孩子饮用伤智力，

大人让它把命夺。

治理恶魔，

势在必得。

马守正　咋办啊？

梁三牛　梦瑶已经把结果上报了，上边很重视！

马守正　咋着重视？

梁三牛　国家可能会投资治理！

马守正　能投多少？

梁三牛　还不清楚！

马守正　啥措施？

梁三牛　梦瑶说只有改变高氟水源、理化除氟。

马守正　得不少钱吧？

梁三牛　大概预算了一下，得六七十万。

马守正　那就再等等，等国家的钱下来咱就干？

梁三牛　大家的病可是不能再等了！

马守正　钱太多了！赶紧开会讨论一下！

梁三牛　开啥会，这钱我掏！

马守正　不中不中！

梁三牛　（唱）梁三牛做事理当率先垂范，

马守正　（唱）你不该把民主公开丢一边。

梁三牛　（唱）我也是为乡亲谋求平安，

马守正　（唱）为乡亲也不能九鼎一言。

梁三牛　（唱）你优柔寡断思路慢，

马守正　（唱）你急功近利埋祸端。

梁三牛　（唱）开弓没有回头箭，
工程马上得开展。

马守正　（唱）此事确实有风险，
风疾浪险莫行船。

梁三牛　（唱）出了差错我承担，

马守正　（唱）这事不能这样办，

梁三牛　（唱）这事你别管！

马守正　（唱）不能办！

梁三牛　（唱）你别管！

马守正　（唱）就要管，

梁三牛　（唱）把脸翻！

马守正　（唱）你无法无天！

梁三牛　（唱）又不花你一分钱！

马守正　好，（赌气地）我同意！反正也不花我一分钱！

[气鼓鼓地边说边下。李满仓上。

李满仓　主任，你的决定太英明了！

梁三牛　你赞同我的意见！？

李满仓　那是，领导指哪儿助理往哪儿跑！

梁三牛　唉！

李满仓　有啥事说出来，或许我能给你出主意。

梁三牛　梦瑶说这治理费得六七十万。

李满仓　六七十万？太多了！

梁三牛　最多有一半。发愁啊！

李满仓　马书记的提议不是没道理！

梁三牛　啥道理？

李满仓　按水表的钱必须让他们自己掏！

梁三牛　农村吃水啥时候用交钱？ 安啥水表？

李满仓　必须得安，这水电费是一项大开支！

梁三牛　我说过不花大家一分钱，不能失言！

李满仓　这不是失言！

（唱）治氟水本就是利民之道，

乡亲们能理解兴致也高。

一家装一表，

自愿掏腰包。

设备咱不懂，

不能犯律条。

管道有学问，

薄厚无分毫。

能减咱就减，

省钱是王道。

梁三牛　让大伙掏腰包会没意见？

李满仓　工作我来做，不能叫他有意见！

梁三牛　管道薄点的不会出事？

李满仓　绝对不能叫出事！

梁三牛　你不能给我吃回扣！？

李满仓　主任，新官上任三把火还没烧全，我会给你拆台！

梁三牛　三把火！？可第“三把火”在哪儿呢？

［朱万豪内喊：三牛！

李满仓　第“三把火”来了！

梁三牛　咋说？

李满仓　广场还缺啥？

梁三牛　不愧是我的活诸葛！

［朱万豪上。

朱万豪　忙吗？

梁三牛　开会呢！

朱万豪　那我一会儿再来！

梁三牛　来都来了，坐吧！给朱老板倒水。

李满仓　好咧！

朱万豪　二强把你的办公室夸得天花乱坠，我过来看看。

李满仓　朱老板，喝水！

朱万豪　派头不小，都有助理了！

梁三牛　一般一般！

朱万豪　要不是朱梦瑶，这个助理就是我的！

梁三牛　那是！

李满仓　朱老板也该装一间办公室了。

朱万豪　有这个想法。

梁三牛　这得花不少钱啊！

朱万豪　钱不是问题，这一回我一定赢你！

梁三牛　那就比试比试？

朱万豪　比就比！

李满仓　全村就你俩有汽车，平局！

朱万豪　上回修路我要捐五千，他非得全包，坏规矩！

李满仓　那也是梁主任赢你！

朱万豪　俺妹让我在选举会上败了一局，哎！

李满仓　梁主任又赢你了！

朱万豪　这一次我的办公室绝对不会比你差哪儿去！

李满仓　嗯，估计这回能打个平局！

梁三牛　你一个猪倌讲啥排场！

朱万豪　猪场要扩建，这做生意谈业务得有个像样的办公室！

李满仓　（对朱万豪）看好你！加油哦！

朱万豪　绝对赢他！

梁三牛　那是那是！

李满仓　梁主任下一局可是开始了！

朱万豪　说说，我绝对和他比！

李满仓　治理高氟水！

朱万豪　治理高氟水？多少钱？

李满仓　保守估计要六十多万！

朱万豪　啥？六十多万？

李满仓　梁主任这回可是全包！

朱万豪　他要有六十万，那我也有！

梁三牛　咱俩联手把这个事做好，咋样？

朱万豪　真事儿？

梁三牛　不假！

朱万豪　哪哪哪……那我弃权。

梁三牛　那广场上健身器材你买！

朱万豪　凭啥让我买？

梁三牛　就凭你弃权！

李满仓　器材钱少呐！

朱万豪　赔本买卖我可不干！

梁三牛　李助理，这猪场是不是快到期了？

李满仓　还差两个月！

朱万豪　不就是健身器材嘛，哎呀！我包了！

梁三牛　好，有担当！

李满仓　你真棒！

朱万豪　奶奶，又跳到他挖好的坑里了！

[收光。

第五场

[半月后。村委前，赵永康急上。

孙二强　舅，走恁快干啥？

赵永康　咱去支持三牛的工作！

孙二强　咋支持？

赵永康　现场看看再说！

[钱德旺与村民上。

村民甲　来了？

赵永康　都来了！哎，老板，你好！（工头上）

工　头　你们看见梁主任了吗？

钱德旺　找他干啥？

工　头　梁主任一分钱不给我们，还天天催工期！工人意见很大，这不，挖土机刚弄好的坑，里面的松土谁也不想去清理！

赵永康　让我们干吧！

工　头　那敢情好！可得把下面给整平。

钱德旺　别管了！

赵永康　老少爷们！

众　　　哎……

赵永康　咱干起来！

众　　　干起来！

　　　　[工头下，劳动号子喊起来。

　　　　[音乐起，热火朝天的劳动场面。

幕　后　（唱）滔滔黄河水，

　　　　　　一去永不回。

　　　　　　悠悠关公事，

　　　　　　往昔如梦追。

　　　　　　今日河东美，

　　　　　　三晋大地 响春雷。

　　　　　　家乡的山 层峦翠，

　　　　　　魂牵梦绕 伴我飞。

　　　　[李满仓跑上。

李满仓　朱梦瑶回来！

赵永康　设备呢？

李满仓　马上就到！

　　　　[朱梦瑶上。

朱梦瑶　（唱）挑设备千里跋涉不觉累，

　　　　　　运设备披星戴月把家归。

　　　　　　乡亲们挥铁锹汗流浃背，

　　　　　　万众一心，挨户搭背，昂首扬眉，

　　　　　　尽情发挥，事半功倍，早饮甘水，

　　　　　　让中条山陶醉，让铁牛村生辉。

　　　　[梁三牛上，对李满仓耳语，满仓急下。

梁三牛　你回来了？

朱梦瑶　我回来了！

梁三牛　辛苦了啊！

朱梦瑶　为人民服务不辛苦！嘿嘿！

梁三牛　像个股长说的话！

朱梦瑶　向你学习嘛！

梁三牛　我家的苹果熟了！嘎嘣脆又酸又甜！是你最馋的！去尝尝！

朱梦瑶　等设备弄好就去！

孙二强　瑶姐，你挑的设备咋样？

朱梦瑶　当然是功能最全，质量最好，寿命最长，价格最低的了……（学说粤语“的了”，大伙哄笑）

梁三牛　梦瑶的眼光，肯定没错！

朱梦瑶　厂家还免费给咱送了一吨滤料，省了不少钱呐！

孙二强　还是瑶姐心疼牛哥！

朱梦瑶　去你个二强！

［众人大笑。

［李满仓急上，在梁三牛身边耳语，包工头随上。

工　头　梁主任，可找到你了！

梁三牛　你不在现场来这儿干啥？

工　头　你这施工款一分钱不给，兄弟们都罢工了！

梁三牛　（忙拉一旁小声地）不是说好了，过两天给！

工　头　你想让马儿跑得快，又不想给马儿吃草！哪有这道理！

梁三牛　资金不是没到位嘛！

工　头　现在干活都是先付钱，谁会像我这样干呐！

梁三牛　咱俩这么多年的关系，再容我几天！

工　头　那好，你钱到了赶紧给，我好给兄弟交代啊。

梁三牛　别管了！

工　头　我再做做工作吧！

梁三牛　水管马上到位，赶紧去干吧！

朱梦瑶　埋水管，有我们的验收了？

李满仓　还没验，不过绝对合格！

朱梦瑶　走，去看看！（梁三牛、李满仓无奈地对望了一眼）

［暗转，梁三牛办公室！

［朱梦瑶上，梁三牛随上。

梁三牛　梦瑶，咋样？

［朱梦瑶把手中的水管一掰，折断。

朱梦瑶　你说呢？

梁三牛　水管是有点儿薄哦！

朱梦瑶　薄厚不是评判水管的好坏标准，关键是没有一点韧性，到了冬天百分之百会出事儿！

梁三牛　你吓唬哥哩不是？

朱梦遥　通设备的管道必须用大口径！

梁三牛　这个我知道！马上就再添大口径的水管！

朱梦瑶　马上停工，联系厂家全部退货！

梁三牛　退货是要交违约金的！

朱梦瑶　所有水管都不合格，你赶紧换吧！

梁三牛　设备好就中了！管道先将就点，先用着等有了钱再换。

朱梦瑶　为啥管道不能同步！

梁三牛　我手头没钱了！

朱梦瑶　咱村的氟治理是我们的第一家试点，必须要做好。

梁三牛　咱俩目的不一样，你是为政绩，我是为乡亲！

朱梦瑶　随你怎么说，水管不合格我绝不会给你验收！

梁三牛　梦瑶，你就帮牛哥一回吧！

朱梦瑶　帮你就是害你，赶紧停止施工，调换管道！

梁三牛　你……

朱梦瑶　我想去你家吃嘎嘣脆，走吧！

　　　　[梁三牛不理，朱梦瑶下，马守正急上。

马守正　三牛……

梁三牛　（冷冷地）马书记来了？

马守正　施工停了！

梁三牛　（大叫）谁让停了！谁让停了！继续干，继续给我干！

马守正　人撤了！

梁三牛　撤了！？

马守正　说是不给工钱！

梁三牛　哎呀，这个马老板！（李满仓跑上）

李满仓　梁主任！

梁三牛　又咋了！

李满仓　厂家打电话说拉管道的车让施工队给全截走了，说是抵工钱！

梁三牛　赶紧给我去联系！

李满仓　哎！（跑下）

马守正　要不报警吧！（梁三牛摇了摇手）

马守正　三牛，别急！

　　　　[梁三牛示意让他走，马守正下。

梁三牛　（唱）心中怒火往上蹿，

　　　　　　　来回踱步坐不安。

　　　　　　　看啥烦啥不顺眼，

　　　　　　　怕啥来啥把事摊。

　　　　　　　这口怨气难下咽，

　　　　　　　包工头你胆大包天。

铁牛村梁三牛谁不高看，
今天却碰上你这块生砖。
办酒厂让我腰缠万贯，
脑子活让我处处占先。
虽说是抛下生意回村任免，
依然是信心百倍稳操全盘。
今天丢人又现眼，
梁三牛与你没个完。
谁知我生气，
谁知我心烦。
梦瑶你的话，
让我心更寒。
有事你不帮帮我，
你可知我有多难。
我自己把钱垫，
我自己把事担
我的钱用完，
把那设备添。
为了买水管，
卖厂还了钱。
你让我停工，
停工可咋办。
说好先欠工程款，
再好的朋友也失言。
事出突然心好乱，
我好比蛟龙搁浅滩，

又像猛虎落平川。

我该怎么办？

工程绝对不能瘫。

我该怎么办？

想方设法去弄钱。

钱啊钱！

你弃我千里不露面。

钱啊钱！

我没脸没皮也要与你把手牵。

去弄钱！去弄钱！

左思右想灵光现，

好办法原来就在眼前！

满仓！满仓！

[李满仓和马守正上。

李满仓　梁主任！他们的手机都关了！

马守正　开村民大会共同解决吧？（梁三牛摆手）

李满仓　去哪儿弄钱？！

梁三牛　车到山前必有路！

马守正　啥路？

梁三牛　你想想！

马守正　想不开！

梁三牛　永康叔昨天找你干啥！

马守正　批宅基地？

梁三牛　对！

马守正　可咱村没地方了！

李满仓　好多村民都申请呢！

梁三牛　你们再好好想想！

李满仓　我有个建议！

梁三牛　说！

李满仓　把广场变成宅基地。

马守正　啥？广场？

梁三牛　广场不能动！

李满仓　那就没法了！

梁三牛　咱村有一块承包地……

马守正　不中不中……

梁三牛　不中也得中！　这个事你去说！

李满仓　梁主任，你饶了我吧！

梁三牛　老马，你去下通知，就说这是村里最后的福利，谁要先交钱，拿着条子来找我！

［苍凉有力、内含危机的男生独唱主题歌响起。

［收光。

第六场

［数天后，果树园。

［村委会的戏台隐约可见。

［众村民拿工具上。

孙二强　哎！

（唱）施工队突然不露面，

钱德旺　（唱）牛哥急得坐立不安。

村民甲　（唱）果树园变成宅基地，

村民乙　（唱）这步棋走得实在鲜。

朱万豪 （唱）一亩地宅院要三万，

赵永康 （唱）萝卜卖了个肉价钱！

孙二强 （唱）大义灭亲铁手腕，

钱德旺 （唱）火烧眉毛顾眼前。

村民甲 （唱）妈不答应他咋办？

村民乙 （唱）母子翻脸咱作难。

朱万豪 （唱）宅基地划好建猪场，

我定要逃出他的五指山。

赵永康 （唱）儿子结婚迫在眼前，

为了宅院我也就不要这张脸。

［机器响起，梁三牛随上，声灭。

梁三牛 都来了！（众人无应声）一会儿我下令，大家开始砍！

赵永康 三牛，你娘同意了？

梁三牛 同意了！

朱万豪 只要我们不是帮凶就行！

［雷大妈上，满仓随上。

雷大妈 梁三牛！

梁三牛 娘，你咋来了？

雷大妈 为啥我不能来？

梁三牛 满仓不是都给你说了嘛？！

雷大妈 我不同意！

［满仓忙示意大家下。

梁三牛 这果园马上要到期了，村委会一定收回！

雷大妈 我开荒种了三十年，没见一张合同，有什么证据证明果园是村里的？！

梁三牛 你交出果园好好养病吧！

雷大妈　只要有果园，我就能多活两年！

梁三牛　娘！

（唱）您也别生气，您也别着急！

听我给您说仔细。

果树园变成宅基地，

是民意更是大势所趋！

我工作陷入了尴尬地，

只有它能让我化解危机。

求您让出果园地，

帮我渡难关打破僵局。

为村里发展恁要和我齐心协力，

再作难再辛苦累死我也不叫屈。

［梁三牛跪下。雷大妈扶起。

雷大妈　快起来！

（唱）三牛在一旁苦苦相劝，

老娘心如锥左右为难。

儿啊儿啊儿啊不是娘不帮你，

你可知咱娘儿仨是咋着活到今天！

那年你有五岁半，

流浪街头破衣衫。

面黄肌瘦剩俩眼，

叔叔大娘叫的甜。

东家给口水，

西家给碗饭。

手拿窝头似冰砖，

没娘的娃娃真可怜。

那年你患上疟疾病，
你命悬一线气息奄奄。
你爹把你抱回家，
为你求医治病把命捡。
你爹死得早，
娘仨度日难。
我常作难无米面，
作难我儿受饥寒。
我节衣缩食难饱暖，
我不忍让儿顿顿都吃红薯干。
我山上山下把石捡，
几天挣来一块五毛钱。
做了两碗臊子面，
恁俩狼吞虎咽吃的欢。
我为恁彻夜不眠缝衣衫，
我为恁甘愿辛苦腰累弯。
再苦也要让儿饱和暖，
再穷也要让儿把书念。
中条山上荒地多，
我开荒种树变果园。
种树可不比种田，
剪枝嫁接边学边干。
咱家没有男劳力，
娘就是铁打的女汉汉！
果子长成不放心，
俩憨憨和娘住果园。

果园没有家温暖，
咱抱团取暖心里甜。
果子成熟娘心乱，
走街串巷卖不完。
儿替娘作难，
儿替娘分担。
恁俩悄悄来到供销社，
为咱家的果子做宣传。
妹妹说俺家的苹果大，
哥哥说俺家的苹果甜。
恁上俺家买苹果，
绝对给个低价钱。
人家看恁可爱又可怜，
答应恁到咱家去看看。
这一看不打紧啊！
合同签了好多年。
我再也不担心饱和暖，
我再不缺儿的新衣衫。
我供儿女把书念，
含辛茹苦十二年。
十二年省吃俭用受尽了苦，
十二年半辈子守寡两鬓斑。
只要我儿有志向，
再苦再累心也甜。
高中那年毕了业，
你落榜回家要跟娘种果园。

我又气又恼心又寒，
拿巴掌往你脸上扇。
你笑着对娘把心宽，
好男儿有志在四方，
娘不要为我把心担。
社会是所好大学，
儿子照样拔人尖。
回来和娘种果园，
你是怕娘我孤单。
转眼成了大老板，
办了酒厂挣了钱。
掏了路款牛气就冲天！
请问我的梁主任！
你报的是什么恩？
为啥我都没看见！
今天你却要来剜我的心肝肝！

[场景暗换，戏台上出现戏中戏，传统蒲剧《三娘教子》。

三　娘（唱）虽然我不是你的生身母，
你却是我养大的儿男。
该说的话儿都说遍，
是轻是重你掂一掂！

[梁三牛来回踱步。

梁三牛　掂一掂，我掂一掂，我不动手哪个敢砍！

[梁三牛奔向果园，疯狂地挥动工具。

[众村民跑上，机器声响起。

[雷大妈惊愕，转而怒呼。

雷大妈　梁三牛，你个孬憨憨！

（唱）我就是腿跑断，嘴磨泡，绷断筋骨累断腰，

死了也要把你告！

咱母子的情意从今后一刀两断！

［舞台全暗，追光，雷大妈跑圆场，奔走告状。

雷大妈　冤枉！

［追光，乡干部上。

乡干部　你状告何人！

雷大妈　养子梁三牛！

乡干部　何事告他？

雷大妈　他砍了我的果园！

乡干部　哦！家丑，家丑不可外扬！

雷大妈　我们母子恩断义绝！

乡干部　必须要告？

雷大妈　必须告！

乡干部　一定告？

雷大妈　一定告！

乡干部　要告？

雷大妈　一定要告！

乡干部　我们这里不管打官司！你去有关部门解决吧！

雷大妈　有关部门？

乡干部　对！

雷大妈　管得了？

乡干部　管得了！

雷大妈　在哪里？

乡干部　先农经局吧！

[隐去，追光起，农经局工作人员上。

[以下以单位名称为代称。

农经局　拿来！

雷大妈　啥？

农经局　承包合同！

雷大妈　这果园是我自己开荒种出来的，哪儿来的合同！

农经局　哎呀呀！老人家，没合同，那我们可管不了！

雷大妈　他们砍了我树，抢了我的果园！

农经局　是砍树哦！去林业局解决吧！

[隐下，追光起，林业局工作人员上。

林业局　不归我们管呐！

雷大妈　咋又不管？

林业局　我们只管核桃枣，农业局才管苹果桃！

雷大妈　分恁细！

林业局　有关文件这样规定，谁也管不了，我要下班了，再见！

[隐去，追光起，农业局工作人员上。

农业局　大妈啊，我们只负责果树生长、结果！可不管砍树这种事，我看你得到林业局！

雷大妈　没个说理的地方了！

[四人同时追光出现！

众同时　大妈，可别这样说！

乡干部　我接见了你吧！

农经局　我对你好言相劝吧！

林业局　我没有不作为吧！

农业局　我想帮也帮不上，没这个权呐！

众同时　咱帮大妈支支招！

乡干部　要我说，去报案！

农经局　去上访！

林业局　去法院！

农业局　还是去乡里不越级！

乡干部　别别别，去派出所！

农经局　上访！

林业局　判他刑！

［几个人围着雷大妈指手画脚越说越快，众隐去。

［追光陪伴着舞台中间孤零零的雷大妈。

雷大妈　（哀呼）天呐，为什么告状这么难！

［朱梦瑶内喊：“大妈！”

朱梦瑶　大妈，你咋在这儿？

雷大妈　我来告状，告了几天，没找到说理的地方！

朱梦瑶　大妈，别着急！

［朱梦瑶扶着雷大妈。凄凉、哀怨的女声主题歌响起。

［收光。

第七场

［数日后，梁三牛办公室。李满仓上。

李满仓　梁主任！梁主任！

梁三牛　慌啥？

李满仓　国土资源局的信！

梁三牛　信？

［李满仓递，梁打开看。

李满仓　啥事儿？

梁三牛　宅基地的事！

李满仓　可咋办？

梁三牛　车到山前必有路！

［赵永康一瘸一拐跑上。

赵永康　三牛！三牛！

梁三牛　永康叔！

赵永康　水，水管崩了！

梁三牛　水管崩了？（怒视李满仓）

赵永康　跟喷泉一样，家，家淹了！

梁三牛　快找几个人去看看！先把阀门关上！

李满仓　哎！（跑下）

赵永康　看看就中了？东西都还在水里泡着呢！

梁三牛　叔，啥坏赔啥！

赵永康　这还差不多。

［马守正急上。

马守正　三牛，有辆土地监察的车直接开村里了！

梁三牛　这么快！（抚额）今天事儿真多！

［朱万豪上。

朱万豪　梁三牛！

马守正　万豪，有话咱好好说！

朱万豪　我房子被停工了！你说咋办吧？

赵永康　停工了！那我的宅基地呢？

马守正　都别急，有村委在，一定管！（钱德旺跑上）

钱德旺　梁主任！你可要给我做主啊！

朱万豪　你凑啥热闹！

钱德旺　广场上的秋千断了，把娃从上边甩了老远！

梁三牛　娃有事没有？

钱德旺　头上缝了十几针！医生让留院观察，看看是不是脑震荡。

梁三牛　朱万豪你……

钱德旺　娃要是摔傻了可咋办？

马守正　德旺，有村委呢，别哭啊！

钱德旺　我要报案！让派出所把负责人抓起来！给我娃伸冤。

朱万豪　你说的叫啥话？！我给你们买了器材还得进去！

钱德旺　你去广场看看，都是些啥玩意儿啊，安上没几天，一场雨都锈透了，我看早晚还得出事儿！

［法院工作人员甲和乙还有众村民上。

甲　谁是梁三牛？

梁三牛　我！

乙　我们是县法院的，接到国土局的申请，说你违规批宅基地，限你三天自行把建筑拆除，把地归还原告。

甲　三天后我们过来审核，拒不执行者法院就下传票！

乙　这是通知书，请你签字！

［梁三牛在通知书上签字，工作人员下。

朱万豪　乱了！全乱了！全乱了！

村民甲　万豪，你刚起地皮的房子真要给拆了？！

朱万豪　我咋恁冤啊！

赵永康　我的宅基地也收回吗？

村民乙　应该是。

赵永康　我的钱啊！

朱万豪　梁三牛，你赔钱，赔我钱！

钱德旺　朱万豪，你赔我娃！

［众村民都要求退钱，梁三牛受不了捂住了耳朵，众人下，马守正

欲言又止下。

[暗转。雷大妈家。

雷大妈　马书记，你啥也不要说了！

马守正　三牛做事有点儿鲁莽！

雷大妈　让他吃点亏，长点记性好！

马守正　亏肯定吃了！

雷大妈　现在我不是他娘他也不是我儿子！

马守正　看你咋说的！

雷大妈　从他砍我树的时候就不是了。

马守卫　他可都是为了你呀！

雷大妈　为了我……

[暗转。朱梦瑶

朱梦瑶　牛哥出事儿了，是我和大妈把他告下的！牛哥，这一回我一定帮你！

[暗转，梁三牛办公室，桌上放着一排排酒瓶。

[梁三牛拎一瓶酒站在窗前。

梁三牛　（唱）望星空，月弯弯，星光闪闪，

不眠人站窗前思绪万千，

心中阵阵掀狂澜！

我装的路灯照人回家还，

我铺的柏油路地平路又宽。

我盖的小学就在我面前站，

我买的除氟设备保乡亲们平安。

它们花了我近百万，

它们让我没有了钱。

为了钱我急功近利太蛮干，

为了钱我强行毁掉我家的果园。
我娘和我翻了脸，
对我不吭也无言。
乡亲们人心乱，
逼着我来退房钱。
梁三牛仰天叹，
我就是一个憨。
关圣眯眼将我看，
他在笑我太蛮干。
关圣啊！
你白马坡铤而走险，
斩华雄你一马当先。
三牛也是条好汉，
铁牛村是我家园。
平时不见乡亲面，
心儿都在半空悬。
脚下无黄土，
吃饭也不甜。
不在村中转，
三更难入眠。
对它的情难割断，
让我离开如同摘心肝。
宅基地是我犯的错，
为乡亲心甘情愿把错担。
这件事若不做我终生遗憾，
再作难再不甘我也无怨。

[梁三牛把手中的酒一饮而尽，僵尸般仰面倒地……

[梦境，画外音："来人啊！将梁三牛与我拿下了！"四兵士上，飞虎旗遮住梁三牛，杜文学，关羽出现在梦境中以帽翅，翎子、甩发、髯口、逼迫梁三牛！

[梦中梦出现：马守正、雷大妈，朱梦瑶等。

梁三牛　不！娘！啊——（尖叫惊醒）

[朱梦瑶上，扶住梦中挣扎的梁三牛。

朱梦瑶　牛哥，你怎么了？

梁三牛　是你？

朱梦瑶　梦见啥了？

梁三牛　好多人在笑话我吧？落个这样的下场，我这是自找啊！

朱梦瑶　别多想了，我理解你。你盖学校，安路灯，治氟水，卖了酒厂卖了车大家都知道了！

梁三牛　是法院调查的吧！

朱梦瑶　嗯！

梁三牛　别说了，我愿意承担一切后果。

朱梦瑶　单位让我下乡挂职锻炼，我挑了咱村，来当第一书记。

梁三牛　（失落地）好好，你来了，我就走！

朱梦瑶　傻样儿！我就是来挂职锻炼，不碍你的事。

梁三牛　我把大家都骗了，还违规批宅基地触犯了法律。

朱梦瑶　我来当第一书记就是监督你！

梁三牛　我是没脸在这儿待下去了！

朱梦瑶　你有魄力，我有智力，马书记有耐力，乡亲们还盼着咱铁牛村更好更富更和谐呢！咱能把咱村治好。

梁三牛　说得我热血沸腾，又有希望了。

朱梦瑶　再给你说件沸腾的事儿！

梁三牛　还有啥事儿？

［朱梦瑶在梁三牛脸上“啪”地亲了一口。

朱梦瑶　是不是好事儿？

梁三牛　我离过婚！

朱梦瑶　知道！

梁三牛　我有孩子！

朱梦瑶　也知道！

梁三牛　你是国家公务员还是股长，你图个啥？

朱梦瑶　就图从小一起长大，知根知底！以前我错过了，现在你单身，我也单身。我是骨灰级大龄女单身，你是钻石王老五，咱俩绝对般配。

梁三牛　我触犯法律，可能会进去！还是不耽搁你了！

朱梦瑶　不，咱们一起面对！一起想办法！

梁三牛　可……

朱梦瑶　我愿意！

梁三牛　谢谢你，梦瑶！

朱梦瑶　你还没答应呢！

梁三牛　我同意！

朱梦瑶　没了平时的霸气！

梁三牛　以后你好好调理我吧！

朱梦瑶　来，（拿起酒瓶）咱庆祝一下。

（唱）我敬你，这一杯，

莫沉醉再展雄威。

梁三牛　（唱）我敬你，这一杯，

咱二人重沐春晖。

朱梦瑶　（唱）这一杯祝愿你苦尽甘回。

梁三牛 （唱）这一杯祝愿你越来越美，

朱梦瑶 （唱）这一杯怀抱着高山流水，

梁三牛 （唱）这一杯心向着云蒸霞蔚。

二　人 （唱）同拒乱云飞，

二　人 （唱）共与彩云追。

朱梦瑶 （唱）几回回梦中鹊桥会，

梁三牛 （唱）几回回梦中喜荣归。

朱梦瑶 （唱）几回回梦中天仙配，

梁三牛 （唱）几回回梦中状元媒。

朱梦瑶 （唱）梦想着比翼双飞。

梁三牛 （唱）憧憬着举案齐眉，

二　人 （唱）期待着和和美美，

二　人 （唱）盼望着夫唱妇随。

梁三牛 梦瑶！

朱梦瑶 牛哥！

[二人相拥在一起……

[主题歌：老蒲腔，声声唱，

荡气回肠话沧桑。

九曲黄河金波晃，

河东美酒人善良。

[收光。

尾　声

[村委会。

[画外音：“呋呋——喂！喂！吱——（音箱的噪音，大家堵上了

耳朵）后晌大家到戏台前开会！啥事到了就知道了！大事啊！都来啊！都来！”

［村民们仨一堆俩一伙议论着上场。

赵永康　又开，开啥会呢？

村民甲　去了不就知道啦！

钱德旺　不用说，这回牛哥得进去了！

赵永康　乌、乌鸦嘴！

朱万豪　他不能进去，他进去我们找谁要钱？！

村民甲　是这个理儿！

［画外音　集合啦！开会啦！

马守正　都来了，这个……今天这个会呀，是关于第一书记到咱村任职的事。

赵永康　坏了，这书记都要换了。

村民甲　咱们的钱谁还啊！

［雷大妈上。

雷大妈　大伙都别急，梁三牛欠你们的钱，我还！

众　　　你还？

雷大妈　我是他娘，当然我还！

马守正　这口气，娘俩一个调调。

雷大妈　那当然，我养大的娃，不像我像谁！

钱德旺　你们不是断绝关系了嘛！

雷大妈　气头上说的话能当真！

赵永康　那我们就把心放肚里了。

［朱梦瑶牵着梁三牛的手上。

朱梦瑶　牛哥，快点儿！（牵住雷大妈的手）

梁三牛　大家都在，梁三牛给你们赔个不是！对不住了！

（唱）见乡亲满面羞愧脸发烫，

心高傲撞南墙苦果自尝。

当主任我时常趾高气扬，

办事情大包大揽一言堂。

居功自傲脾气犟，

民主公开丢一旁。

关云长败的是白衣渡江，

梁三牛输的是自大轻狂。

宅基地是我犯下的错，

法律责任我一人担当。

[法院工作人员上。

马守正　同志来了！快请坐。

甲　马书记，现场处理得不错。

马守正　哪是，得配合你们的工作啊！

乙　梁三牛，剩下的问题解决了吗？

梁三牛　还没有？

甲　那就等着传票吧！

马守正　同志，问题都差不多解决了。

甲　土地归还给当事人了！

雷大妈　给了！

乙　大妈，砍的果树要按棵算，赔了你多少钱？

雷大妈　不管多少钱，我都不要了！

甲　不要了，大妈，你可想清楚！

雷大妈　我想清楚了，当初他砍我的果园，想让大家早点喝上无氟水，还施工队的钱！是为了控制我的病！他等不及国家拨款，掏空了钱包，卖了酒厂卖了车，没要大家往外拿一分钱！

众　　　噢，原来是这样啊！

朱万豪　这么说，宅基地的钱没进他腰包。

雷大妈　这娃有事都闷在心里，当初他要是给我讲明白，我会让他砍树，也绝对不会去告他！（梁三牛弯腰谢雷大妈）

朱梦瑶　牛哥把咱村每个老人都当成他的爸妈呀！

马守正　我提议，咱大家今天来了个迟到的集资，咋样！

朱万豪　这前前后后花了三牛六七十万，我第一个吧，我捐一万！

朱梦瑶　哥，你太棒了！

朱万豪　咋样？这一回我赢他梁三牛！

朱梦瑶　赢不赢都是咱自己家的事！

朱万豪　啥意思？

朱梦瑶　以后他是你妹夫！

雷大妈　哈，为了俺三牛找到媳妇儿，那我也多捐点儿，我捐五万！

赵永康　这没法叫人捐了，我，我，我没钱就捐五百。

孙二强　舅，你替我捐五百，回头等我结婚，你就不用拿礼钱了！

赵永康　好，外甥说啥就是啥！

村民甲　我捐五百……

村民乙　我也捐五百。

甲　　　那这退宅基地的钱……

朱万豪　我们自己解决吧！

乙　　　事情都解决了，原告不追究梁三牛，他就不用负法律责任了。

[众欢呼！

朱梦瑶　告诉大家一个好消息，这国家的扶持资金已经批下来了！

马守正　哦，忘了告诉大家，朱梦瑶就是咱村的第一书记。

钱德旺　梦瑶，第一书记是干啥的？

朱梦瑶　是来监督梁三牛的！

马守正　梦瑶，你不会在这儿镀镀金挂挂职就走吧？

梁三牛　不会，这儿是她的家，就是任期结束了，也得为咱铁牛村干实事。

孙二强　瑶姐，啥时候吃你的喜糖？

雷大妈　现在就去买！

赵永康　还得有酒！

雷大妈　今晚上我请大家吃酒席！

孙二强　牛哥牛，牛妈更牛！

朱万豪　梁三牛，你再牛也是我的妹夫，满仓，这局俺俩谁赢？

李满仓　大舅哥赢了！

［众人哄笑。

朱梦瑶　我来咱村当第一书记，就是想和马书记、梁主任团结一心，让咱铁牛村富的更快！

钱德旺　那你有啥见面礼？

朱万豪　难为人不是！

钱德旺　牛哥没上任就全包了修路，她是第一书记，你说呢！

梁三牛　咱们开村民大会举手表决吧！

马守正　我同意梁三牛的提议！

孙二强　我看就把村头那座桥给修修吧？

赵永康　那倒，倒是水利局管的事儿！

朱梦瑶　好，等咱开完会讨论决定！我一定会努力争取！

众村民　（高呼）谢谢！谢谢！

［感谢之声回荡在整个山谷！高亢激昂的主题歌唱响，激情澎湃的舞蹈场面转入谢幕

主题曲：**中条山苍龙走，**

河东酒美人风流。

蒲腔古调声声吼，

黄河铁牛昂起头。

三晋大地乡情厚，

尧天舜日更上一层楼！

[剧终。

注：大型蒲剧《铁牛村》改编于2014年8月，9月由山西运城蒲剧团成功上演。

二　小戏小品类

大明的心愿

时　间　早上五点多，窗外微亮。

地　点　大明家客厅。

人　物

大　明　四十多岁，一位援疆医生干部。（以下简称明）

大明妈　七十多岁，一位满头银发、体弱多病、明事理的老人。（以下简称母）

王　华　五十多岁，大明叔伯姐。（以下简称华）

［幕启。

［大提琴曲《殇》渐起。

［大明家客厅，摆放着一个沙发，茶几上放一张全家福。

［大明身戴孝章、提着一个皮箱慢慢从下场门上场，悲怆的音乐代表着他此时的心情，随着音乐他环视着这个家，慢慢走到沙发前，把皮箱放在沙发一侧，坐下，拿起茶几上的全家福久久地凝视着。神情肃穆。

［电话响，大明迅速调整情绪，音乐渐停。

［接电话。

明　（压低声音）喂，阿克依・古拉依大婶，亚克西！亚克西！阿克依大叔明天的手术我一定亲自来做。好好好，您放心，绝对不会耽误大叔明天的手术。

[明放下手机，看了看手腕上的手表，又看了看里屋，摸了摸上衣口袋，从上场门下场。

[华搀扶着妈上场。

华　二婶儿，您就再多睡会儿呗。

妈　老了，觉少！

华　离天明还有一会儿呢，二婶儿，身体是革命的本钱，你可要好好的啊！

妈　（拍拍华的胳膊）好，二婶儿扎扎实实的。

[妈和华同时看到沙发旁边的皮箱。

华　（绕着皮箱）大明要走了？

妈　这不行李还在嘛。

[妈绕过皮箱坐到沙发上。

华　都说养儿防老儿大尽孝，二叔走的时候他不来，这不住一天马上要走，越来越不孝顺了？

母　是我不让他来的。

华　那又是您让他走的？

妈　这不是还没走吗？

华　这不是东西都收拾好了吗？

[大明手提一个塑料袋急匆匆地上。

明　妈！

妈　大明怎么也起这么早？

明　我去早市买了一些水果。

[明放下手中的包。

母　家里不是啥都有吗？

明　这些水果对晕机效果特好使。

华　大明，我还以为你临走之前买水果孝敬你妈呢，弄了半天是给你自己准备的。

［妈若有所思地看了看皮箱。

妈　看来这回该准备的东西都准备齐了。

明　是！

华　大明，你真的要走啊！

明　这边的事情已经办妥了。

华　小敏带楠楠去考试不在家，你放心把二婶一个人留在家呀。

母　（无比苍凉地对着全家福）走吧！走了好啊！像你爸，走了以后就再也不用你们牵挂了。

明　妈……

华　大明，你一回来就忙你爸的事，还没得空陪你妈呢，你就好好在家住两天吧！

明　姐，我……

［大明把手放在上衣口袋片刻马上出来，看了看身旁的皮箱，欲言又止地看了看妈。

华　二婶，这回你可别拦我，我得说说他。

［大提琴曲《殇》渐起。

华　大明，姐都有点儿恨你了，二叔病重的时候所有人给我打电话都说你变了，说你爸要走了想见你一眼你都不回来，姐还替你说话吵他们，二叔苦撑了这么多天也没能等到你。他走的那天我在场啊，是含着泪走的呀……

明　（回忆中）大杰、小杰他们都跟我急了，小杰还对我说，你爱来不来吧，只当我叔这辈子无儿无女，我们当侄子的替你为他送终。

华　养儿防老，养儿防老啊，看看我叔和我婶养的什么儿呀！

明　我弟在国外回不来，我妹刚生完孩子回不来，就连我这个老大也不回来，这都养的什么儿呀！

华　　你们可都是医生呐！别光知道给别人看病，你们的亲爹老子也得了病！得了重病！光打个电话问问情况就行了吗？

明　　听到消息我也想马上飞过来，可是紧挨着的几台手术让我走不开啊？

华　　（指着明）是手术重要还是你爸重要啊？

明　　爸重要……手术也重要！你不知道姐，我支援的那家医院他们技术还停留在好多年前，做个肾囊肿、阑尾炎还得开腹，那些设备白白地放在那没人会用啊！我一去，那些哈密老乡们都排着队等着我给他们看病做手术啊。

妈　　院领导也是根据这家医院的情况才点了大明的兵。

华　　院领导不知道我二叔生病啊还让他走？

明　　院领导认为我技术好、信任我才点我的兵。我是党员，理应响应国家号召。

华　　党员就不顾家了？爸爸快死了想见一眼也不回来啊？

明　　可在我在走之前是和爸爸约好的呀，爸爸也答应我，一定会等我援疆回来的。可他……

[音乐渐停。

华　　二婶儿身体不好，孩子再有半年就要高考，小敏单位又请不来假，老人、孩子、工作都得顾，你让她先顾哪一头哇？

[稍顿。

明　　我跟小敏商量好了，她照顾孩子，我来照顾妈！

华　　（惊喜地）你不走了？

明　　走！

华　　那怎么照顾？

明　　（渴望地望着妈）我想让妈跟我去新疆！马上就走。

妈　　可是，妈的身体……

明　妈，相信我，我是医生！

华　大明，你疯了，怎么能让二婶儿跟你去新疆呢！她都快八十了，能经得起折腾吗？

明　姐，你放心，我会照顾好妈的。

华　（激动地）不行？这新疆早晚温差那么大，二婶哪能受得了呀？

明　姐，我们现在住的援疆公寓，条件跟郑州没什么区别！

妈　大明，这能行吗？哪有谁带着妈妈去援疆的？

明　您在我身边我放心，会好好地工作。

华　大明，自古以来就没忠孝两全的，放弃吧！

妈　不！我不要像你二叔那样再让大明留下遗憾，我不仅要让他忠孝两全，还要和他一起完成他做医生援疆的心愿。

［大提琴曲《殇》渐起。

妈　（对着全家福）你爸活着的时候，每天他睁开眼的第一句话都是："老太婆，我没死还活着！我答应咱儿子等他援疆回来就一定得等着他，他每天打来电话询问我的病情，我会不会影响他工作呀？"

明　（激动地走到妈的身旁蹲下）不影响！不影响！你和爸爸身体健康才是我的心愿呐！

妈　（抒情地）你爸临走时对我说："老太婆，我等不了了，你替我转告儿子，爸爸疼得撑不住先走了，别让他恨我不守承诺，爸爸知道他有一百个理由回来看我，但是他在用一个理由证明自己是一名共产党员，让他好好地在新疆工作，爸爸从不后悔当初让他们兄妹三人读医大，他们都成材了，解除了那么多病人身上的痛苦，大明还代表我们河南去支援新疆，爸爸为他骄傲啊！

明　爸！对不起对不起对不起……为什么这些话你不在电话里给我说！

妈　孩子，别说对不起，爸爸妈妈为你骄傲哪！放心，妈跟你走不会影响你工作，妈会扎扎实实的啊。

[音乐停。

明　　妈，谢谢！

华　　二婶儿。您行吗？

妈　　行！有你弟在，我什么都行。我走了，让小敏安心地照顾楠楠，孩子一生就一次高考，也不能让她留下遗憾。

明　　妈，这皮箱里的东西都是为您准备的，飞机票我都买好了。

妈　　昨天听到你跟小敏通电话，知道你处理完爸爸的事情马上就走，妈有这个思想准备！

华　　二婶儿，你要扎扎实实的啊。

妈　　好，就听你姐的，我要扎扎实实的！

[电话响，大明接手机。

明　　阿合·毛拉，什么？阿克依大叔情况有变？好好好，你们尽快做完术前检查，（抬手看了看腕上的手表）手术就提前到今天下午三点。

[大明收电话，看妈。

华　　大明，能赶上做手术吗？

[大明掏出上衣口袋里的机票

明　　早上八点的飞机，郑州直飞哈密，四个小时就到了。

妈　　（妈站起）妈这就跟你走。小华，给我倒水，让我把晕车药给吃了。

华　　好咧！

明　　妈，您怎么有晕车药？

妈　　昨天和你姐去医院检查时，趁她去厕所买了一盒。

明　　妈，您血压高，对晕车药还过敏！

[大明从塑料袋里掏出。

明　　妈，这是我为你准备的肚脐贴，治晕机很管事儿，等会上了飞机不舒服再吃个橘子。

华　　这就走啊?!

妈　　你弟要赶急诊给病人做手术。

华　　大明，你千万照顾好二婶儿。

明　　你放心……

［一手拉着妈妈、一手拉着皮箱。

［音乐《祖国不会忘记》响起。

山知道我

江河知道我，

祖国不会忘记，

不会忘记我……

［造型，光暗。

注：话剧小品2013年参加河南省新春文艺晚会，本剧大明由省话著名演员吴广林主演。

话剧小品

农家喜事

时　间　圣诞节前夕。

地　点　仁星旺家客厅。

人　物

仁星旺　　男，48岁，曹家沟菜农。

李桃花　　女，46岁，仁星旺之妻。

仁甜妹　　女，21岁，仁星旺之女。

[幕启。客厅摆一张双人沙发、茶几上有一部电话。仁星旺手拿拖把上场。

仁星旺　又是一年新春到，村头集市人声闹，今天俺儿回国了，带着洋媳妇回家瞧，乐得俺老两口哈哈笑。

（唱）人逢喜事精神爽，

俺仁家娶了个洋姑娘，

嘚儿哟洋姑娘，

嘚儿哟嘚儿哟洋姑娘。

哈哈哈。（转身拖地）

李桃花　（两手提塑料袋上）他爹，快来接接我！

仁星旺　你又买的啥呀。

李桃花　给咱那媳妇买的道口烧鸡、老庙牛肉。

仁星旺　这些东西家里不是都有吗，咋又买恁多！

李桃花　咱媳妇可是美国生美国长，又是头次进咱家的门，准备的东西可不能少了。

仁星旺　我听咱闺女说，人家美国最爱吃牛排，可不是你买的这些东西！

李桃花　啥，他们爱吃的不是烧鸡、牛肉？

仁星旺　你喜欢烧鸡、牛肉，你以为人家美国姑娘和你一样啊。

李桃花　爱吃牛排也不怕，咱村光养牛专业户就十来家，等媳妇来了，我天天给她炖牛排骨。

仁星旺　哎，你去干啥咧？

李桃花　去牛肉加工厂。（急下）

仁星旺　这人真是尾巴上拴旗火，刺溜一声就没人影了。

仁甜妹　（抱装塑像的箱、装花环、彩灯的提包上）爸，爸，快来接接我。

仁星旺　（接）妮儿，这县城没有美国远吧，卫生我都快打扫好了，你咋才来呀？

仁甜妹　公司不是忙吗，就这还是经理派车送我回来呢？

仁星旺　这车在哪咧，叫人家司机上家喝点水吧。

仁甜妹　车早走了，去机场接俺哥和嫂子啦。

仁星旺　能使动车了，俺闺女面子不小。

仁甜妹　爸，我还不是沾俺哥和嫂子的光，俺哥人家是哈佛大学的博士后，嫂子是美国大学的斯坦福博士，要不是他俩这次来俺公司考察，经理才不会给我这么大面子呢？

仁星旺　（指箱）这是买的啥呀，这么多。

仁甜妹　爸，这是我给咱家请的神。

仁星旺　菩萨和财神咱都敬着呢！

仁甜妹　我请的这个神可是个外国神。

仁星旺　外国神！让我看看啥样儿（打开包装）。

仁甜妹　爸，小心点，别弄坏了。

仁星旺　哎呀我的娘，这个外国神咋没穿衣服，还少了俩胳膊，妮儿，你被骗了吧，弄来个残次品，走，爸跟你把这个残神退了。

仁甜妹　爸，这是古希腊神话中的一个神，她叫维纳斯，人家就这样，不是残次品。

仁星旺　这都少了俩胳膊，还不叫残次品？

仁甜妹　维纳斯像是古希腊人的雕像，以前是有胳膊的，后来被世人发现，两队人马为她打了起来，结果把她的胳膊给弄碎了。

仁星旺　还有人为这个残次品打架哩。

仁甜妹　她是爱神，美神，提倡自由恋爱哩！

仁星旺　噢，那不跟戏里的红娘一样啊，专门给张生和莺莺拉皮条哩。

仁甜妹　看你说得多难听。

仁星旺　放一边去，放一边去，看着她怪瘆人的。

仁甜妹　爸你不用怕，一会儿我把她放到俺哥嫂屋里，俺嫂是美国人，人家思想可开放了，肯定喜欢。

仁星旺　放屋里个这干啥咧。

仁甜妹　俺妈给你的任务是搞好后勤，别的你听我的就是了。

仁星旺　那你说咋弄。

仁甜妹　明天是圣诞节，今晚是平安夜，按照西方的习俗，咱先弄棵圣诞树来。

仁星旺　上哪儿弄圣诞树呢，等跑到县城人家商店早就关门了。

仁甜妹　爸，不用去县城，你先歇会儿，等我上网查点东西再告诉你。（说完转身下）

仁星旺　弄棵圣诞树还不容易，（自言自语）没吃猪肉没见过猪咋走，我看过电视知道，等我去把俺家那棵松树刨了给俺闺女个惊喜。（李桃花提一大包上）

李桃花　他爹，你这是干啥咧。

仁星旺　明天是圣诞节跟咱中国过年一样，我去做棵圣诞树，等媳妇来了给她过圣诞节。

李桃花　明天是圣诞节，那今儿不就是她那的年三十呀，你准备咋弄圣诞树？

仁星旺　我去把咱那棵松树刨了。

李桃花　那可不行，那棵树是咱们结婚十五周年那天，咱儿和咱妮儿叫咱俩栽的，这么多年了，你忍心！

仁星旺　你那么小气干吗，我先把它刨了用一晚上，明天再把它栽进去，行了吧。（拿锹下）

李桃花　不行，坚决不行，说什么也不能刨。（二人夺铁锹，仁甜妹跑着上）

仁甜妹　爸妈，恁俩干啥呢。

李桃花　恁爸非得刨那棵松树。

仁星旺　我这不是给恁媳妇做圣诞树吗。

仁甜妹　爸，松树不能刨，它可是你和俺妈生活这么多年的爱情见证啊。

仁星旺　都老夫老妻了，还啥爱情不爱情的，不刨去哪儿弄圣诞树。

仁甜妹　爸，你咋跟我想到一块儿了，不过我想的是用一个大一点儿的松枝当圣诞树。

李桃花　听见没，咱闺女说用一个枝儿就行了。

仁星旺　你以为我想刨，还不是为了儿子跟媳妇！我这就去锯。

李桃花　拣没用的歪枝锯，听见没有。

仁星旺　知道了。（下）

仁甜妹　妈，你这是又买的啥呀。

李桃花　好东西，专门给恁嫂买的。

仁甜妹　叫我看看，哎呀，妈，你咋买这么多肋骨呀！

李桃花，傻闺女，这是牛排！

仁甜妹　妈，人家那牛排是牛里脊，是用火烤或煎个半生不熟再用刀叉切着吃。

李桃花　难道我这回又白忙活了，那你也忙活了半天都弄些啥。

仁甜妹　我干的都是大事，妈，请看（掏花环）。

李桃花　哎呀，你拿个花圈干呀，晦气快扔了。

仁甜妹　（大笑）妈，这是花环，专门迎接贵宾才用的。

仁星旺　（拿松枝上）又闹笑话了？

李桃花　我出笑话咋了，难道他们美国人就不出笑话了。

仁星旺　你别说，我还真听过一个美国笑话。

仁甜妹　爸，说来听听！

仁星旺　说一个蚊子叮在一个美国女人的胸前，伸出吸管去吸血，却没吸出来，蚊子骂了一声：现在无公害食品真他妈的难找，就飞走了。

李桃花　为啥呀。

仁星旺　里面全是硅胶呗！

李桃花　（笑）你这个老东西，守着闺女能这样说！

仁星旺　闺女，来咱做圣诞树吧。

仁甜妹　我早就准备好了（从提包里拿一串彩灯）我们先把它挂上。（母女俩伸手去挂彩灯，仁星旺前去帮忙不小心差点绊倒）

李桃花　你这是干啥呀。老夫老妻了不用行这么大的礼。

仁星旺　你光想占我便宜。

仁甜妹　爸，你小心点，没摔着吧。

仁星旺　没事，把咱家大棚里种的彩椒一个色儿挂一个吧。

仁甜妹　好啊，这个主意不错。（二人忙挂）

李桃花　来来来，再挂上些枣和花生。（拿一串花生和枣）

仁甜妹　妈，挂这干吗。

李桃花　叫恁嫂早生贵子呗。

仁星旺　那把你早就给做好的老虎头鞋和小兔儿帽也挂上吧。

李桃花　中中中！

仁甜妹　这是叫俺嫂生的孩子像小兔子一样聪明，像老虎一样强壮。

仁星旺　（唱）为接媳妇忙一场，

圣诞树上挂吉祥，

灯儿缤纷耀眼亮，

挂串儿枣儿贵子降，

挂串花生让她花着生一筐，

挂个兔帽让娃机灵又健康，

挂双虎鞋让娃身体棒来又强壮，

挂个金猪让我的子孙万代钱满堂，

得哟钱满堂，

得哟得哟钱满堂。

［三人大笑，忽然外边锣鼓喧天。

仁甜妹　外边咋这么热闹呀，谁家又办喜事儿了。

李桃花　哎呀，你看我这记性，这是我们老年腰鼓队的听说恁嫂来，非得出来迎接不可。

仁星旺　那是咱儿和媳妇是来到了！

仁甜妹　走，爸妈，咱们去接俺哥和俺嫂。

仁、李　好。

［切光。

［剧终。

注：话剧小品《农家喜事》2008年参加了安阳市元宵戏曲晚会，获省文化厅举办的河南省“群星奖”三等奖；2010年3月该话剧小品参加全国首届“新农村”小品展演作品报送展演，在全国文化信息资源共享工程网站展演数年。

小戏曲

雪夜温情

时　间　除夕夜前夕。

地　点　犯人家里。

人　物

程国庆　40岁，某市监狱第一监区教导员。（以下简称：程）

奶　奶　70岁，犯人王平的母亲。（以下简称：奶）

小　小　7岁，犯人王平的女儿。（以下简称：小）

［幕启。犯人王平的家里，一扇门窗，将舞台隔成室内室外，窗外狂风怒吼，室内一个煤炉放在舞台中间，上面放一个正在熬药的罐子，奶奶斜身卧在床上，小小坐在板凳上写作业，远处偶尔传来鞭炮的声响。

［幕后伴唱："

风阵阵，狂怒号，

躲风避寒床头靠。

亲人杳杳，神思飘飘，

睡熟梦中，情未了。"

［奶奶咳嗽，发出呓语叫儿子的名字，小小倒药，端碗。

小　　奶奶，该吃药了。

奶　　吃药？我这老毛病，不用花钱吃药。

小　　奶奶，吃了药病就好了，你快点儿好吧，好了，我们就可以好好过年了！

奶　小小，我的好孙女。

（唱）爹爹铁窗滋味尝，

亲娘车祸把命丧。

家中柱梁无人扛，

苦命的小小陪奶奶度残阳。

小　奶奶，快趁热把药给喝了吧！（扶奶奶起来喝药。）

[程教导员一手携一袋米，另一手提一桶食用油上。

程　（艰难地走，唱）

雪花降，风潇潇，

寒风扑面似利刀。

脚下崎岖凸又凹，

路泥泞车抛锚。

小李急着推车去把人找，

我俩奉命去接犯人家属把监瞧。

走得我气喘吁吁把汗冒，

终于来到把门敲。

（手机响）喂，监狱长，我已经到王平家门口了，你放心吧，保证完成任务。（敲门）

小　谁呀！

程　是我，监狱里的程教导员。

奶　什么，监狱！警察！（猛地从床上坐起来）

程　大娘，小小，快开门呀。

奶　儿呀，你，你……

（唱）警察来家是为谁，

王平你要惹是非别再把家回！

程　（唱）老人屋内把儿喊，

定是贸然来访把我来误会。

奶　（紧抱小小唱）

恨儿又惹娘心碎，

骂儿忘了娘教诲。

程　（唱）我这里进也进不去，退也不能退，

进不去，不能退，

进退两难为。

小小，我是程叔叔，给你们送年货的。

小　奶奶，他是程叔叔，是来给我们送年货的。

奶　不是你爸爸又出啥事了？

小　嗯。

奶　那快去开门，让他进来吧。（小小开门，帮程放东西）

程　大娘，你好呀。

奶　真对不住，程教导员，刚才你一敲门，我还以为是王平他又……（咳嗽）

程　大娘，我是给你们送年货的。

小　叔叔，快，来烤烤手暖和暖和吧！

程　谢谢小小！

奶　程教导员，这天都黑啦，你咋一个人过来了！

程　大娘，和我一同来的还有我们同事李警官，汽车被陷到泥里，他正在想办法给弄出来，一会儿就过来。

奶　（不放心地）程教导员，王平在里面真没出啥事？

程　王平真的没事，他在里面表现很好，只是这两天快要过年了，他不吃不喝光发呆。

小　叔叔，我爸爸生病了？

程　不是生病，是心病，他想你和你奶奶了。

奶　　儿呀，当初你这头小倔驴儿要是听娘的话，咱家能走到这一步吗？（起音乐）你看看，人家过年都是在一块包饺子看电视一家团聚，咱家啥样你知道吗。

小　　奶奶，别哭，小小也会包饺子，待会儿我给奶奶和面包饺子，咱们也过年。

奶　　小小，要怪就怪奶奶吧，奶奶犯病不能给小小包饺子吃了。

［祖孙二人抱头哭。

程　　大娘，你别难过，我们那里已经准备好饺子，就等你和小小去吃了。

奶　　什么，去你们那里吃饺子！

程　　对，去我们监狱里，和王平一块过年吃饺子。

小　　噢，去见爸爸喽。去见爸爸喽。

奶　　和王平一块过年吃饺子！

程　　对，大娘，因为你们家的特殊情况，我们监狱长特批，决定让你们家进行一次特殊的亲情会见，一来可以让你们家团圆；二来可以安抚王平的情绪。

奶　　（犹豫地）教导员，都怪王平当初不听我的话，才进了监狱，想起来我这心里就难受，我……不想去。

程　　王平虽然以身试法，但也受到了法律的惩罚，他还很年轻，以后的路还很长，大娘，你应该配合我们监狱一起把他好好改造过来呀！

小　　奶奶，我想让你和我一块去看看爸爸！

奶　　我要是去了，看见你爸爸又该生气了，你想爸爸你就去，我又不想。

小　　谁说你不想，刚才你在梦中还喊爸爸的名字呢？

奶　　（忙止）小小！

小　　奶奶

（唱）奶奶呀！

你为爸爸受尽苦和累，

一头黑发变银灰。

爸爸坐监你却为这个家受尽了罪，

你对他又爱又恨，又恨又爱常流泪。

奶　　小小，我的好孙女。（起音乐）每当我们这个家快要倒下的时候，都是监狱里的叔叔阿姨帮我们渡过难关，当初你妈出车祸去世，我又不争气病倒在床上，你一个人偷偷地跑去看爸爸，跟爸爸商量说不想上学了，要在家照顾我，是程叔叔让你加入他们那里的阳光助学工程，要不是呀你早就失学在家了，现在大过年的，叔叔们不能在家和亲人团聚，还来给我们送米和油，我们可不能再去麻烦他们啦……

程　　大娘，我们监狱长一直都很关心你们家，要不然也不会特批这次特殊的亲情会见，你放心，你的病我会向我们领导汇报的。

奶　　我的病不用麻烦你们，你们能把我儿子给改造过来，我是谢你们还来不及呢，哪能再去麻烦你们呀。

程　　大娘，你太客气了。

小　　奶奶，监狱里弄得可好啦。

奶　　噢，是吗！

小　　是呀，我第一次去看爸爸，监狱里的叔叔阿姨们带我去吃饭，给我买新衣服，还有一个阿姨给我买了个布娃娃，这个布娃娃是妈妈以前答应过我要给我买的，可妈妈没有给我买就出车祸了。（稍顿转高兴）我记得我去看爸爸那天，监狱门口的人可多啦，还有一个爷爷带头给我捐钱呢！

程　　你知道那个爷爷是谁？

小　　是谁呀！

程　　那是我们监狱因为十年监管安全无逃脱无事故，被省厅评了省级文明监狱单位，我们司法局局长下来视察工作正好遇见了你，当他了解到你们家的情况，含着泪把身上的钱都捐了出来，还叮咛我们一定不要让你辍学。

奶　　就在我以为小小出事了的时候，你们把她给送了回来，还拿钱让她上学，让俺这颗心放在了肚里。

小　　爸爸看到我抱头恸哭，还一个劲儿地用头撞墙呢。

程　　那是你爸爸在恨自己，你走以后，在司法局党委的关怀下，我们监狱成立了一个阳光助学工程，小小成了第一个资助对象，这样你爸爸的情绪稳定多了，他也越来越觉得这个家太需要他，于是就积极服刑，彻底和过去决裂，前不久他还揭发了一个遗漏罪，立了一大功，监狱已经研究决定给他申报减刑材料，大娘，王平有可能会提前释放。

奶　　什么！你再说一遍！

程　　王平有可能提前回来。

奶　　这是真的，这是真的

（唱）猛听得我儿刑期减，

娘心里说不出是甜还是酸。

儿能回来一定要好好干，

别忘了报答监狱对咱的恩典。

小　　奶奶，我爸爸真的要回来啦！

奶　　嗯。

程　　（唱）

但见她两眼泪两行，

有时星光有时月明。

听说儿能回来就充满憧憬，

人到老来识世情。

我这里要劝一劝坚强的老母亲，

大娘呀你想一想一家团聚的好光景。

儿孙绕膝其乐融融好温情，

等待你的是美好生活光明前程。

小　奶奶，我想爸爸，我们去看爸爸吧。

奶　好，我们去看你爸爸。

小　奶奶，你答应去看爸爸了！

奶　是，我答应了，只有我们去了，你爸爸才能放心我们，让他在监狱里好好地改造，争取早点回家，我们一家人就可以团聚了，程教导员，我们走吧。

程　哎，这就对了，大娘，你和小小准备准备，我给小李打一个电话，（打电话）小李，汽车推出来了没有，好，你不用过来了，我们马上就走。小小，我们快背奶奶上车吧。

小　去看爸爸喽，去和爸爸一块过年喽。

［程背奶奶，小小扶着，定格。

［切光。

注：戏曲小品《雪夜温情》在2009年安阳市司法系统文艺汇演中荣获一等奖，获河南省第二届法制文艺汇演优秀节目二等奖。

双喜临门

时　间　某日下午。

地　点　刘石头家。

人　物

史安生　男，21 岁，省农大毕业，大学生村官，城西村副支书。

刘石头　男，54 岁，城西村村民。

刘媛媛　女，20 岁，刘石头女儿，城西村村民。

［幕启，舞台中间摆放一张石桌，两把椅子。

刘石头　村容村貌要改造，我家的鸡场要搬掉，不搬不搬就不搬！哼，死猪不怕开水泡。（坐在大门口）他谁愿迁谁迁，我钉子户当到底。

［媛媛上。

刘媛媛　爸，你坐大门口等谁呀！

刘石头　等气哩！好好的一个鸡厂，他说迁我就迁！他村干部也忒拿我们老农民不当回事啦！

刘媛媛　那是咱村这几家养殖户气味太难闻，影响到村容建设和日常生活了，这个你不会不知道。

刘石头　那你说谁家的鸡粪鸭粪味还是香哩！

刘媛媛　你分管销售，快找销路去吧！仓库里鸡蛋可是快成山了！

刘石头　你当我不想管呀，可咱家鸡厂拆迁也是大事，咱得想对策不迁！爸跟你说，这回他史安生不给我这个面子，看我怎么给他难堪！

刘媛媛　爸，咱家鸡厂搬迁和人家史安生有啥关系？

刘石头　他史安生断了我的财路，我不怪他怪谁？大学毕业不在城里找工作，跑到咱农村来当什么副支书，比芝麻还小三四圈儿！

刘媛媛　爸，人家安生……

刘石头　中了，张嘴一个安生，闭嘴一个安生，我知道恁俩在谈对象呢！安生安生，他会安生！就是他来了咱村才不安生，也不撒泡尿照照自己，就他那点海拔高度，谁都没有他能折腾人！

刘媛媛　啥海拔高度！

刘石头　就那！（比划闺女的个子）！

刘媛媛　爸，你咋恁烦人家！

刘石头　我不是烦他，你也不想想呀，史安生来咱村当村官就签了三年合同，别看他现在干啥都积极，那是他在往自己脸上贴金，干出点政绩为三年以后回城升官做准备。你跟他搞对象，把眼睛放亮点儿，有你后悔的一天！再说了，他史安生……

［史安生上。

史安生　石头叔，我怎么啦！

［刘石头忙去堵门。

刘石头　（转向安生）你来干啥，是买我的鸡，还是买我的蛋！

史安生　我是为你家的鸡蛋来的。

刘石头　为俺家的鸡蛋来的？

刘媛媛　安生，快，坐下说。

刘石头　那你说说打算咋买俺家的鸡蛋呀？

史安生　媛媛，我刚到城里那几家超市，把情况给人家一说，他们说商量商量，一会儿给我个准信，我看这事儿能成。

刘媛媛　真哩？

史安生　真哩！

刘媛媛　（欲说又止）安生……

刘石头　（拉闺女）站一边去，事儿成不成还不一定呢，激动啥。

刘媛媛　爸，就你喜欢泼人家冷水！

刘石头　你看这闺女，人越多越不给他爸面子。

刘媛媛　叫你赚钱你还不愿意呀！

史安生　是呀，帮你赚钱哩！

刘石头　（旁白）跟屁虫。

史安生　大叔，您家的放养鸡场，我帮媛媛都建好了，您去看看！

刘石头　我没那功夫。

史安生　石头叔，我觉得现在这个新址不错，你不知道这放养鸡可比圈养鸡来钱快呀！

史安生　大叔，我给你说说放养鸡和圈养鸡的区别吧。

刘石头　你要不觉得累你就说吧。

史安生　放养的鸡下的蛋可比圈养鸡下的蛋价格高啊，放养鸡这吃的可是纯天然无公害的食物，鸡蛋营养价值也高，这可是我们说的绿色无公害鸡蛋。

刘石头　我只知道白皮蛋，红皮蛋，从来没见过绿色鸡蛋，说天书吧你。

史安生　这绿色食品可不是绿色的！

刘石头　它是黑色的！

史安生　它也不是黑色的！

刘石头　那它是什么色的？

刘媛媛　爸，你就别在这儿抬杠了！

史安生　圈养鸡吃的鸡饲料里难免会有激素，那鸡蛋里也会有，人吃多了可是会影响健康的，现在人们生活水平提高了，注重养生了，所以，放养鸡下的蛋销量肯定会大。

刘石头　我现在销量就很大，不是吹哩，我在全乡那可是销售大户，第一名呐！

刘媛媛　爹，这你可是吹大了！

史安生　大叔，这几家超市也是听说你家的鸡马上要放养了才答应要考虑考虑。大叔，你可不能拖全村的后腿呀！

刘石头　谁答应要放养你找谁去！

史安生　大叔……

刘媛媛　我也答应了！

刘石头　你答应了，凭啥呀！

刘媛媛　就凭我是场长呗！

刘石头　我还是一家之主呢，我不同意搬迁，更别说放养鸡啦，这个家我当了。

刘媛媛　你分管销售，去卖你的鸡蛋吧。搬迁那事儿，我是场长，我当家。

史安生　大叔，你们俩先别吵，听我说！

刘石头　你说，你说啥，你就别在这儿挑拨离间啦，你还是走吧！

刘媛媛　爹！（史的电话响）

史安生　（接电话）喂，是陈经理呀！

刘媛媛　（低声地）华联超市进货部的陈经理。

刘石头　（低声）陈经理！

史安生　你们决定要我们的货啦，对对对。放养这个问题……（看刘媛媛和刘石头）

刘媛媛　就说我们已经决定好了——放养。

刘石头　你敢，不同意！

史安生　放养这个事儿我们正在商量，什么，不放养就不考虑啦。

刘媛媛　放养。

刘石头　不中！

刘媛媛　你……那你当场长吧，我走。

史安生　（挂掉电话）媛媛！

刘媛媛　爸，你可知道，你刚才可是推掉了一大笔生意！

刘石头　东方不亮西方亮，我的客户多着哩，不在乎这，我能在这一棵树上吊死！

史安生　大叔，这可是你说的，说话算数！

刘石头　绝对算数，鸡蛋坏了，我就是扔地里当肥料我也不迁新址，咋了吧！

史安生　（气愤地走向媛媛耳语，转身对石头）那好，我再给他打电话！（走上石桌）

刘石头　显摆哩不轻，打个电话还站恁高！下来，叫我听听。

史安生　你不是嫌我个低嘛？别听了！（打电话）陈经理，石头叔说了，“东方不亮西方亮”他不在乎你这一家。

刘石头　哎呀，他这个臭小子，他这是断我哩财路呀！（来回走）

刘媛媛　（接过电话）俺爸还说，鸡蛋放坏了当肥料用！

刘石头　（怒指媛媛）你，你这个吃里扒外的……

［捡起一根木棒追打媛媛，史安生去拉，夺下石头木棒，扔掉，石头再追，被木棒滑倒，安生去扶，被石头推翻在地。

刘媛媛　爸，他这条腿有伤呀！

刘石头　有伤？（媛媛挽起史的裤腿，露出带伤的小腿，刘石头惊讶地看。）

［音乐起。

刘媛媛　这是前几天他为咱们家选放养鸡场摔伤的呀！

史安生　媛媛，别，别说了……

刘媛媛　不，我就要说！去年他大学毕业，学校要留他任教，可他偏偏要当一名村官，来到咱们这个有名的贫困县，爸，你说他是为了给自己脸上贴金吗？是为了回城当官吗？他为了给全村养殖户选择放养新址，他跑遍了村外的草山草坡、果园、林地、荒滩野岭！

去年秋天，我陪他去上山考察适不适合放养，他从山坡上滚滑下来，摔到了蒺藜窝里，我帮他摘下的蒺藜有一捧多呀！（挽起史的衣袖）你看，这些伤痕！都是为了咱们家选择放鸡场摔伤的呀……

史安生　媛媛……

刘石头　闺女，别说了！

史安生　大叔，我是农大毕业的，我所学的知识只有在农村才能更好地实现，别说三年以后，就是三十年以后，我也不会离开这里的（深情地看媛媛）……

刘媛媛　安生！

刘石头　迁，迁，迁，我们迁。我们马上迁！

史安生　（打电话）陈经理，我们全村鸡鸭养殖户全部同意改圈养为放养……那批鸡蛋？下午就来拉货？好啊，还要签下一步的合作协议，那好，再见。

［锣鼓响。

刘石头　外面咋这么热闹呀！

刘媛媛　是为了庆祝咱家鸡场乔迁之喜。

刘石头　安生，再加一喜。

史安生　什么喜！

刘石头　我打心眼里接受你这个新女婿！

刘媛媛　安生，走，搬迁去！

［切光。

［剧终。

注：话剧小品《双喜临门》获第十届河南省小戏小品（曲艺）大赛二等奖。

婆婆·妈妈

时　间　现代。

地　点　家中。

人　物

小　华　婆的媳妇妈的闺女，社区工作，简称华。

婆　婆　小华的婆婆，音乐教师退休后组织一个业余合唱团，简称婆。

小　霞　小华的小姑子，服装个体户，简称霞。

妈　妈　小华的妈妈，秧歌团团长，（简称妈）。

道　具　沙发茶几、电话、水杯、水壶。

［幕启，客厅，婆婆手拿拖把上，跳拖把舞。

婆　（唱）转眼退休有半年，
忙里抽闲把身健。
还把合唱指挥练，
生活充实幸福甜。

［小霞上。

霞　妈……

婆　（溺爱地）疯丫头，这儿哩！

霞　（左顾右盼地）俺嫂子呢？

婆　找她啥事？

霞　俺嫂社区要参加老年才艺大赛，她想让我帮她进一批参赛服装。

婆　　恁嫂让你生意发财了？

霞　　发啥财？我能赚俺嫂子哩钱！

婆　　就是么！你帮恁嫂的忙就是支持恁嫂哩工作！

霞　　妈，恁又把我当成学生开始教育了！

婆　　这妮子！（电话响）

婆　　（接电话）喂！小涛！

（画外音）妈，恁在家干啥呢？

婆　　干啥？干活呗！

（画外音）妈，快别干了！恁收拾一下，我一会儿回来接你去颐养院。

婆　　接我去颐养院？为啥？

（画外音）妈，恁就别问了，反正是个惊喜，一会当面告诉您……

霞　　俺哥要给恁惊喜？

婆　　（喃喃自语）恁哥说要送我去颐养院？

霞　　（猜测地）颐养院……敬老院！妈，他们是不是嫌你在家碍事？所以要送恁去颐养院呐！

婆　　我碍啥事儿了？

霞　　恁每天把俺哥嫂当自己哩学生管，不是嫌俺嫂子洗衣服费水就嫌俺哥吃饭口味重，不管大事小事经常对人家批评教育！

婆　　这是实际情况嘛！

霞　　妈！

（唱）同在一个屋檐下习惯有偏差，

她熬夜恁早起您喜淡他爱辣。

左媳妇右亲妈夹板男想办法，

颐养院里送亲妈（俺哥哩）招数真不差。

（白）现在的年轻人哪个不想自己单过！

婆　（伤心地）真是娶了媳妇忘了妈！

［华两手提包上，妈手拿扇子腰系彩绸，妈在锣鼓乐曲声中边扭边上。

华　妈，恁看谁来了！

妈　老姐姐，恁好啊！

婆　（猛地站起来惊讶地）亲家，你咋来了？

妈　我来了！（高兴地边扭边唱）

（唱）扭起秧歌笑哈哈，
俺与亲家把话拉。
小华给妈倒杯茶，
扭起秧歌住进闺女家。

婆　（唱）见她说话口气大，
端着架子来当家。

霞　（唱）她是俺嫂的妈！

婆　（唱）我不憨来又不傻，
她理直气壮为的啥？

霞　（唱）为的啥为的啥，
为的把恁撵出家！

霞　婶，恁来就来吧，提恁多包干啥？

妈　小霞，婶这次来恁家可就不走了！

华　妈，您就在这儿安心长住呗！好好帮帮我，衣服不够我再给你买！

妈　老姐姐，听说恁退休了，整天在家干啥呀！

霞　（抢白）婶！俺妈退休以后组织了一个业余合唱团。天天去公园指挥唱歌哩！那水平高着哩！

婆　大妹子，别听霞妮子瞎说，我这整天家里活都干不完了，哪有空指挥合唱团呐！

妈　华嗳！以后家务活我包了，叫恁婆婆好好去指挥吧！

华　妈！我把您接过来可不是让你来干家务活咧？

妈　妈知道，妈带着任务来恁家，绝不会让你丢脸哩。

霞　（自问）任务！

婆　（自语）啥任务？

霞　（对婆）肯定是赶您出家门的任务！（对媳）嫂子，真没看出来，你哩本事可真大，都把恁妈请到家里来了……

华　是俺妈本事大！

霞　有其母必有其女嘛！

华　那当然！

霞　嫂子，恁妈都来了，哪俺哥要把咱妈送哪儿呀？

华　恁哥刚才打电话不都说了吗？要给妈个惊喜！

霞　惊喜！啥惊喜？（自语）把妈送到颐养院也算是惊喜？

华　（似有所悟，惊讶地）恁哥没打电话？

霞　打了！

华　没说清楚？

霞　说了！

华　（高兴地）那你有啥不高兴哩？这不都是为妈好！

霞　是为恁自己好吧？

华　有这个原因，关键能给恁哥脸上添光呐！

霞　添光？

华　能支持恁哥的工作。

霞　（讽刺地）哦……我想起来了，俺哥在老龄委工作哩，管着那么多敬老院，那咋不叫恁妈去支持俺哥的工作？

华　小霞，你……你咋这样说？

妈　　（唱）小霞她出口不逊气鼓鼓，

婆　　（唱）她娘俩一唱一和装无辜。

霞　　（唱）她脸不红心不跳越说越离谱，

华　　（唱）我哪里得罪了婆婆和小姑？

妈　　老姐姐！姐俩咋说着说着差点吵起来！咋回事呀？

霞　　（强答）俺哥刚打过电话，一会儿就来送俺妈去颐养院！

妈　　啥呀！小华，你要把恁婆婆撵到敬老院去？

华　　没有！

霞　　哥都说了，你还不承认！

妈　　（对婆）老姐姐，恁别可误会，我来恁家是帮俺闺女辅导社区参加比赛呢！

霞　　这样解释有意思了！

妈　　好……好……小华，恁这个忙妈帮不了你了，我走……

［妈欲走，华拉妈。

婆　　亲家母，恁既然来了就安心在闺女家住吧！我走……

［婆欲走，霞拉婆。

妈　　我走……

婆　　我走……

华　　妈！恁都误会了？（众人停，静场片刻）

（唱）老年比才艺通知下到各社区，

俺的妈来帮俺社区比赛争第一。

送恁到颐养院指挥合唱团是想给恁个惊喜，

怪小涛他太大意事先没有给恁提。

婆　　（不好意思地）亲家，对不住了！

妈　　（松了一口气）我说吧，我养大的闺女咋会不要自己的老人哩！

［电话响，媳接电话。

华　　喂！小涛，你临时有会接不了咱妈了？好，我马上把咱妈送过去。（挂电话）妈，快走吧！老龄委的领导都快到了，等着给恁发聘书呢。

霞　　嫂子，那参赛服装还用不用给你买……

华　　上车，具体细节我们路上谈！

妈　　小华，恁社区不给我发聘书呀！

华　　发……先陪俺妈中不中！

妈　　中……中……

霞　　俩妈，咱走着？（四人边舞边唱）

婆　　（唱）彩霞满天喜鹊唱，

晚景怡人喜洋洋。

妈　　（唱）亲家误会闹一场，

冰消雪融乐满堂。

霞：　（合唱）家和万事兴，

道路越走……越走……

合　　（唱）越宽广！

［造型，谢幕。

注：戏曲小品《婆婆·妈妈》获河南省黄河戏剧小戏小品大赛剧目银奖第一名。

检徽情

时　间　冬天。

地　点　农家。

人　物　郝国庆　　男，四十来岁，县检察院科长、驻村第一扶贫书记。

王大婶　　女，六十余岁，精准扶贫对象。

果　果　　女，十五岁，初中生，王大娘孙女。

[幕启，舞台上比较破旧的一桌两椅。

[暴风雪音乐声起。

[王大婶身着破旧而整洁的服装、背着塑料袋上场。

王大婶　这雪越下越大，老天爷呀，你就别在这黄河古道上下了，再下俺这破屋怕是要压塌了。

[王大婶进屋把塑料袋放下，将双手捂到嘴上取暖。

[果果挎着书包急切跑上。

果　果　天真冷啊！雪这么大，别房倒屋塌，把俺奶奶砸在破屋里。（喊着跑进）奶奶……

王大婶　（忙坐下，将果果搂怀里又摸头又揉脸）果果！孩子，冷不冷啊乖？

果　果　不冷，奶奶，奶奶冷。奶奶，我给你暖脚。（忙将奶奶两只脚抬起欲放入自己怀中）

王大婶　（推开果果）孩子，奶奶不冷。

果　果　奶奶，这么大的雪，咱家这破房顶漏雪不漏啊？

王大婶　不漏不漏，您郝国庆叔叔早拿着油毛毡，把房顶给咱盖得严严实实。

果　果　(看煤球炉) 奶奶，冰天雪地的，这么冷的天，你咋不生火呀？

王大婶　你郝国庆叔叔前些日子给咱拉的煤球烧完了。

果　果　那再让他给咱送啊！

王大婶　不不不，孩子，你郝叔叔是县检察院派到咱村的扶贫第一书记，他里里外外忙的是咱全村的事不是咱一家。再说了，给咱拉的煤球，是你郝叔叔自己掏的腰包儿啊。

果　果　那这次不让他掏腰包儿，我给他钱。

王大婶　你一个小闺女儿家，你哪儿来的钱呢？

果　果　哪儿来的钱你别管，我去叫他给咱送煤球。(欲走)

王大婶　(忙追上往回拉) 你个小死妮儿，不能去。

果　果　(欲挣脱) 我就去。

王大婶　不能去。

果　果　我就去。

[王大婶摔倒在地。

[果果返回扶奶奶。

果　果　奶奶！

[郝国庆提着电暖器上场，看到王大婶摔倒在地，丢下电暖器急扶王大婶。

郝国庆　王大婶！您这是怎么了？摔着没有，快起来。

[郝国庆将王大婶搀扶在椅子上。

王大婶　果果非要找你送煤球，还说她掏钱，她哪儿有钱呢？

[郝国庆边安电暖器插头边说。

郝国庆　果果有钱我知道。这电暖器可是比烧煤球又暖和又环保，果果，掏钱吧！

果　果　郝叔叔，多少？

郝国庆　（伸出两拇指）不多不少，整一仟！

［果果从书包里掏了半天，数了数，递给郝国庆。

果　果　叔叔，只有二百五十八。

［郝国庆接过钱又递给王大婶。

郝国庆　王大婶，这是你孙女给你挣的辛苦钱，全给你了。

王大婶　（疑惑地）我孙女给我挣的辛苦钱？

［郝国庆从果果书包中掏出工作服。

郝国庆　大婶，您看，书本换成了工作服，果果小小年纪不上学了，当童工了。

王大婶　（几乎晕倒）什么？不上学，当童工？果果呀，你对得起死去的爸爸妈妈吗？他们正因为没文化，才去打工，死在塌方工地上啊！

果　果　郝叔叔，你是怎么知道我逃学去打工了啊？

郝国庆　你知道我是干什么的？我是检察官，顺风耳，千里眼，学校给我打电话，饭店我去调查，我还严厉批评饭店老板，用童工是犯法。

果　果　郝叔叔，我就是想打工挣钱，养活奶奶，不让奶奶再顶风冒雪满大街捡废品。

郝国庆　果果，你现在的任务是好好学习，才能有本事养活奶奶，你必须去上学，不上学也是犯法。

果　果　不！叔叔，我要挣钱修这破土坯房，破房塌了砸着奶奶谁负责？

郝国庆　我负责！果果，叔叔今天就是为你家这破房子而来的。

王大婶　为我家破房子而来？

郝国庆　是呀，大婶！

果　果　叔叔，你能为我家修房子？

郝国庆　不是修房而是建房。

果　果　叔叔，您是哄我上学才这样说的吧？

郝国庆　果果为了养活奶奶，为了给奶奶修房子，外出打工连学都不上了。我们更应该一切为民着想，为民办实事办好事，为民解决后顾之忧啊！

王大婶　还是检察官好啊！

果　果　不是吹的吧？

郝国庆　大婶，果果！经村两委研究，我和米村长逐级上报争取，县里已经批准，这次公布的米家庄贫困户建新房的名单中就有你们家！

果　果　有我们家？

王大婶　郝书记啊！这盖房子得花多少钱啊？我可没钱呐。

郝国庆　大婶，不用你们家一分钱。

王大婶　不用我们家一分钱，难道又是你掏钱？

郝国庆　大婶啊，这次不是我掏钱，国家政策好，国家精准扶贫的钱。您就放心，等着住新房吧！

果　果　(欢喜雀跃)奶奶，这太好了！

郝国庆　果果，除了建主房，还要建厨房，建厕所，硬化院子地面。

王大婶　哎呀郝书记，那国家该为俺花多少钱呢，我……我不想当这个扶贫对象，我要捡废品盖新房。

郝国庆　大婶，咱米家庄的扶贫对象不止你一家，还有米大头、米老六、米常有，都是扶贫建新房的对象。

王大婶　这……郝书记，俺还是靠两双手自食其力，才心安理得呀。

郝国庆　大婶，国家精准扶贫，其实也不是让扶贫对象躺在国家身上吃国家，而是给扶贫对象出优惠政策，找出路，扩大就业门路，使扶贫对象脱贫致富。大婶，您腿不太好，以后就不用再去大街上捡废品了，我为您联系了一家插花厂，您可以坐在家里帮他们插花，您插的多工钱就多，比您捡废品强多了。

果　果　郝叔叔，您说的是不是贾庄那个插花厂？

郝国庆　就是那家。

果　果　那是我同学的爷爷开的，他们厂的插花已经出口到迪拜了。

郝国庆　不仅仅是迪拜，已经出口好多国家了。果果，以后你星期天回家，就去厂里领一些花，让你奶奶在家插花，手快的话，一个月能挣一两千块钱呢！

王大婶　我捡废品手快，插花更快。郝书记，我们给你跪下了。

［祖孙二人跪倒在地。

郝国庆　（忙扶起二人）大婶，果果，快起、快起。

［音乐起。

王大婶　郝书记，自从你来俺米家庄当第一扶贫书记，你对俺这孤寡老太婆可真没少操心劳神！婶儿家没米了你买米，婶儿家没油了你买油，婶儿家的棉被薄了你还买被子。今年春天我摔着腿了，你背着我坐上长途车，送我到医院，还替我交住院费，这些婶儿都记着呢。婶儿知道，你为了扶贫，不在县里当检察官，跑几十里地，来到俺这偏僻的黄河古道小穷村儿里扶贫，家里的事你丢一边，自己的孩子也顾不上管，吃住在村里，忙里忙外跑资金、跑项目。咱米家庄的道路硬化了，大街小巷墙上刷的白漆跟城里一样，医务室也是你建的。还有咱村儿的文化广场，那是恁检察院的检察官凑钱建的呀！老百姓遇上恁这样的好心人，是俺的福气啊！恁的大恩大德，俺下辈子当牛做马，也报答不完呢！（又欲下跪）

郝国庆　大婶儿，这是我们应该做的。县检察院派出三名中层干部，任你们镇三个贫困村驻村扶贫第一书记，我们会尽职尽责，保质保量，按时完成精准扶贫任务的。

王大婶　郝检察官，郝书记，看见你……我就想起了俺儿子。

郝国庆　婶儿，老百姓就是咱国家公务员的衣食父母！

王大婶　那……果果，快叫爸爸！

果　果　爸！（扑到郝国庆怀中）

郝国庆　果果，这房子太危险，咱背着奶奶去村委会住。然后我送你去上学。

果　果　中！

［郝国庆背起王大婶。

郝国庆　婶儿，果果，咱们走！

众　合　走！

［《人民公仆》音乐强起。

［众人造型定格，剧终。

话剧《检徽情》在2017年安阳市检察系统新春文艺汇演一等奖。

脱贫名单

时　间　现代。

地　点　程大器家。

人　物　程大器　　44 岁，贫困户。

大器嫂　　42 岁，程大器老婆。

王书记　　40 岁，扶贫第一书记。

[幕启。

[程大器简陋的家中，一桌两椅，桌上有水壶、水杯，程大器气呼呼的急上，大器嫂紧跟随上。

大器嫂　程大器等等我！你走恁快干啥呀？

程大器　不走快咋着？难道还要住到它村委会？

大器嫂　你急啥？

程大器　咱家都被列入脱贫名单里了，你不急？

大器嫂　急有啥用，叫我说咱还是过去再听听脱贫政策！

程大器　不准去！

（唱）提起脱贫就窝火，

凭啥叫咱把贫脱。

咱村贫困户几十个，

横竖也不能轮上我。

谁愿意脱贫谁脱，反正咱家这个贫是不脱！

大器嫂　大器呀！

（唱）叫大器你别急你别火，
平平气静静心听我来说。（倒水）
咱不憨咱不傻有手有脚，
咱不能光靠当贫困户混吃喝。

程大器　白吃白喝你不要，傻呀！
（唱）贫困户的好处多，
还用我来给你说？
这米面油不用买，
吃完有人往家搁。
衣服被褥有人送，
还送椅子吃饭桌。
这样的好事儿哪里找，
咱可千万不能把贫脱！

大器嫂　大器呀！
（唱）三年前爹娘病让咱们一贫如洗，
为筹钱去看病咱俩抱头把泪滴。
扶贫政策就像那及时雨，
爹娘看起病孩子能学习。
你光看到眼前这点儿利益，
想没想过你的孩子你的妻。

程大器　听说贫困户的优惠政策越来越多，国家有的是钱！等讹他一座房咱再脱，这光不沾白不沾！

大器嫂　还想讹房子！想的怪美！

程大器　（无赖地）张嘴就有老鸹往里屙，省时省力，多好！

大器嫂　一个大活人等着老鸹往嘴里屙，咦……懒死你吧！

程大器　话是不好听，理是这个理儿！

大器嫂　跟你没法说！

程大器　反正咱家就是不脱贫！不脱贫！不脱贫！不脱贫……

大器嫂　程大器！

（唱）程大器他不成器还不讲道理，

胡搅蛮缠觉悟低让人真着急。

程大器　（唱）我觉悟低跟你没关系，

你嫌丢人咱就把婚离！

大器嫂　（唱）张口就要把婚离，

为脱贫不要结发妻？

程大器　离就离！

大器嫂　谁怕谁！

程大器　走！

大器嫂　走就走！谁怕谁！

［二人正拉扯，王书记上。

王书记　这是唱的哪一出？

大器嫂　王书记啊，这日子没法过了！

王书记　大器哥，你欺负俺嫂子了？

程大器　她还想左右我呢！

王书记　这是从哪儿说起啊？

程大器　（把大器嫂推到前面）让她说！

大器嫂　（小声地）你……你真不是个男人！

程大器　是不是男人你不知道？

（王书记故意咳嗽）

大器嫂　王书记，快请坐！

程大器　没凳子了！

大器嫂　起开吧你！王书记，你坐！

[一脚把程大器踢开，拿起凳子递过去。

王书记　谢谢大器嫂！

程大器　谢啥谢，王书记是俺的帮扶人，这凳子还是你送的！

王书记　我送给你们的就是你家的，那我就不客气了。（坐）

程大器　（咬牙切齿地）那就赶紧坐！坐！

大器嫂　（不好意思地）王书记，你来俺家有事儿啊？！

程大器　（对观众）傻娘儿们一个，用脚趾头想想都知道他来干啥！

王书记　是有点儿事。

大器嫂　有事儿你先说！

王书记　你事儿急你说！

大器嫂　我这事儿还真说不出口，还是你先说吧！

程大器　你……

王书记　好，那我说！

（唱）刚才恁俩走得急，

有两件事对你提。

大器嫂　你说！

王书记　（唱）孩子的学费已落地，

助学贷款的手续齐！

大器嫂　俺孩儿的学费？

王书记　知道恁家年前有俩病人花了不少钱，脱贫攻坚责任小组专门为你家开会商议决定给你家孩子办助学贷款，上次给恁要孩子的录取通知书，这不，已经办好了，给！

大器嫂　（忙接）谢谢王书记！

王书记　等孩子一到学校，银行就把学费打过去了。

程大器　这贷款用不用还？

王书记　政府贴息，孩子毕了业把贷款还上就行。

程大器　他还是个孩子！咋还？

大器嫂　我还！

程大器　你咋还？你咋还？（小声）能不能配合点儿！

大器嫂　王书记给咱办了这么大的事，你还想着沾光！呸！

程大器　（擦脸）哎呀，喷得还怪均哩！

王书记　第二，我来是给你们推荐工作的！

程大器　推荐工作？

大器嫂　有这好事儿？

王书记　是啊！

（唱）学技术恁来找我！

推荐工作管吃喝。

大器嫂　快说说！

程大器　傻娘儿们，把你卖了你还屁颠儿屁颠儿给人家数钱！

大器嫂　王书记是上面派来扶贫第一书记，不是人贩子！

程大器　哄，继续哄，看他还咋哄！

王书记　（唱）市场上月嫂行业十分火，

资格证免费培训考及格。

持证上岗能挣四千多，

这钱挣的让你乐呵呵！

大器嫂　王书记，给我留个名额，月嫂资格培训我一定去！

王书记　中！

程大器　我是个爷们儿，没法儿当月嫂啊！

王书记　我的大器哥！

（唱）你的岗位也不错！

程大器　（唱）不会技术疼脑壳。

王书记　（唱）上岗培训来把保安做，

程大器　（唱）不能熬夜按时得吃喝。

大器嫂　咦！丢不丢人！

程大器　这丢啥人呐，丢人是我有人！

大器嫂　你！你！

王书记　我手里还有一个活，不知道你愿意不愿意？

程大器　挣得不多不考虑！

王书记　多是多，就是很辛苦！

程大器　啥工作？一个月能挣多少？

王书记　我小学同学包工程，前几天给我打电话，让我给他推荐个电工。

程大器　这个我会呀！

王书记　一天给二百块工钱！

程大器　啥？一天能挣二百？我哩娘，这一天二百，十天就是两千，二十天就是四千，一个月六千？

王书记　管吃管住！

程大器　还管吃住？

王书记　去不去？

程大器　媳妇儿，我想听听你的意见！

大器嫂　我可不敢给你提意见！

程大器　（撒娇地）你看你！

大器嫂　你不是要和我离婚吗？走之前咱俩把证办了。

程大器　那是气话，气话你也信？王书记！

王书记　嫂子，你就原谅大器哥吧！

大器嫂　看在王书记的面子，这次我不跟你一样！

程大器　嘿嘿嘿！我就知道你舍不得离开我！

王书记　你俩要没意见，来看看这培训意向书和用工合同……

大器嫂　不用看，我们签！

王书记　你不担心孩子的学费了？

大器嫂　不担心不担心……

王书记　你不担心脱贫后没钱花了？

程大器　不担心，不担心不担心了……我的王书记！

（唱）程大器胡搅蛮缠很可气，

弯下腰赔礼道歉把头低。

以前你雪中送炭记心里，

从今后一心一意听你的！

大器嫂　（唱）程大器有感而发抒情意，

咱夫妻同舟共济心要齐。

先感谢扶贫政策顺民意，

再感谢好书记甘为人梯。

夫　妻　（唱）咱夫妻不蒸馍头争口气，

靠双手共同致富不迟疑

王书记　好哇！

（唱）那咱共同致富奔小康，

挣来的票子哗啦啦响。

咿呀嗨嗨，那呀嗨，那呀嗨嗨，咿呀嗨，

那个那个咿咿咿，咿呀呼嗨！

[三人情不自禁地扭起秧歌。

[大笑，造型。

[剧终。

注：戏曲小品《脱贫名单》获第四届河南戏剧“黄河杯”小戏小品大赛剧目金奖、编剧奖、导演奖、作曲奖、表演奖等五项最高奖项；并在 2018 年元宵戏曲晚会上演出，入选 2019 年国家艺术基金小戏加工提高扶持项目。

老刁赴宴

时　间　当代。

地　点　酒店。

人　物　老　刁　　50 岁，新郎表哥。

　　　　小　超　　28 岁，新郎。

　　　　小　璐　　27 岁，新娘。

　　　　丈母娘　　47 岁，新娘妈妈。

　　　　[大屏：贵宾室，小璐、丈母娘上。

小　璐　妈！你干吗呀？

丈母娘　没干吗！

小　璐　还没干吗？闺女要拜花堂亲妈反悔了！这叫啥事儿啊！

丈母娘　你俩从大学到现在我同意过吗？

小　璐　还真没有过！

丈母娘　户口本拿来！

小　璐　啥户口本？

丈母娘　你以为偷走户口本把结婚证领了，婚礼就能正常进行？

小　璐　你是亲妈吗？

丈母娘　不是亲妈谁在这儿瞎耽误功夫，公司那一摊子烂事还等着我去处理呢！

小　璐　那你赶紧走啊！

丈母娘　我走得了嘛！你说王小超他就是一个小公务员，现在还在农村扶贫常年不回来，咱家公司马上要破产了！他能帮上忙吗？

小　璐　谁让你和那个马大炮的尽干些不靠谱的事儿了，还怨小超了！

丈母娘　璐啊，你得帮妈啊，你的那个同学王小奇，他爸爸的公司很有实力……

小　璐　哎呀不听……

[弟与刁上。

小　超　妈！

老　刁　妈！

丈母娘　谁呀你？

小　超　我表哥！

老　刁　你好！我是老刁，刁德一的“刁”，今天来赴宴参加表弟婚礼。

丈母娘　这个姓真够刁！

小　璐　表哥？

小　超　表哥今天要唱主角！

老　刁　我看咱俩年龄差不多……

丈母娘　谁跟你一样大啊！

老　刁　毛主席说过，是就是是不是就是不是，我们要实事求是！

丈母娘　怎么把毛主席都搬出来了？

小　璐　懂政治呗！

老　刁　姐，我问你几个问题行不？

小 超　岔辈了，该叫阿姨！

老　刁　哪个女人愿意让我这样的人叫她阿姨？

丈母娘　问问题？

老　刁　姐，听完我的问题保管让你对我心服口服！

丈母娘　我一个堂堂公司的老总，会对你心服口服？

老　刁　你可以不信我，但你要相信科学！听好了！我今年 47！你呢？

丈母娘　47！

老　刁　我生日四月初一！你呢？

丈母娘　四月初一！

老　刁　我生辰是上午 8 点 17，你呢？

丈母娘　我……8 点 17！

老　刁　没想到咱俩竟然是同年同月同日生！

丈母娘　不会吧？

老　刁　（掐指）金木水火土你主金呐！命里的钱花也花不完！妹子，为同年同月同日和大富大贵抱一下吧！

丈母娘　（推开）看你学识渊博没想到动作这么奔放！

老　刁　不好意思，我这个享受国家特殊津贴的人有点儿失控了！

丈母娘　享受国家特殊津贴？

小　璐　来头不小啊！

小　超　那是！

丈母娘　你在哪儿高就？

老　刁　这个不能说！

丈母娘　不能说？忽悠人吧？

老　刁　天天有领导探望我，这可不是忽悠你！

丈母娘　那为啥不说啊？

老　刁　因为我不能给那些为我服务的人升官发财！

丈母娘　那他们为啥还天天为你服务？

老　刁　我虽然升不了他们的官，谁要敢对我不敬，我给来看我的领导随便提一句，随时让他卷铺盖滚蛋回家！

丈母娘　真的？那你到底是干什么的？

老　刁　我就是混政府的饭吃而已！

丈母娘　你主管哪方面的工作啊？

老　刁　我啥也不管！把机会都让给年轻人了！

丈母娘　老刁啊，你天天接触领导，有好项目给咱介绍介绍呗！

老　刁　你们公司都经营啥呀？

丈母娘　广泛的很！

老　刁　再广泛也得有个范围吧？

丈母娘　来，我给你汇报汇报！我们公司能造小米！

老　刁　小米是你造的嘛？那是地里长出来的？

丈母娘　是制造小米手机！

老　刁　能造手机，有实力！

丈母娘　我们公司还能造导弹呢！

众　　　啊！

丈母娘　口误！是制造导弹配件！

老　刁　厉害！

丈母娘　我们还有云轨项目呢！

老　刁　我只听说过出轨，还没听说过云轨！

小　超　就是空中轨道交通！

老　刁　这也是和政府合作的吧！

丈母娘　是！

老　刁　这么相信政府？

丈母娘　给政府干活，不担心被骗！

小　璐　妈，你就别再编了！

丈母娘　死妮子，你瞎说啥？

老　刁　大妹子，有困难你就说出来，这卦上可都显出来了！

丈母娘　老刁啊，这公司确实遇到了点小麻烦！

老　刁　（掐指）哎呀，你公司遇到的可不是小麻烦！

小　璐　表哥，你赶紧给指个路呗！

老　刁　指路可以，气氛不对啊！

小　超　要啥气氛？

老　刁　酒能解千愁，有酒难事儿溜！

小　超　别误了我的大事儿！

丈母娘　服务员，上酒！上好酒！

小　超　我去拿！（超下拿酒。）

老　刁　这么好的酒！

丈母娘　（倒酒）谁让咱俩有缘分呢，来，先干一杯！

老　刁　干！（一饮而尽）

小　璐　豪爽！

老　刁　酒品如人品嘛！

丈母娘　老刁，我在洗耳恭听呢！

老　刁　你公司这几年可没少坑人呐！

丈母娘　我也是被人骗了。

小　璐　表哥，公司还有没有救？

老　刁　自救的可能性很小，要是能遇到一个好项目兴许会出现转机。

小　璐　有好项目吗？

老　刁　表哥在就有！

丈母娘　老刁，再干一杯！（二人饮）

老　刁　以后你可不能再跟着那个马大炮到处坑蒙拐骗了！

小　璐　妈，他连马大炮也算出来了！

老　刁　大妹子，以后能守法经营不？

丈母娘　能！

老　刁　不投机取巧了？

丈母娘　不了不了！

老　刁　确定！

丈母娘　确定以及肯定！

老　刁　那我回头给你牵线，还跟政府合作！

小　超　表哥，你吹大发了吧？

丈母娘　就冲你这句话，再干一杯！（二人饮）

老　刁　你生意的方向得从绿色经济做起！

丈母娘　绿色经济？你明示一下！

老　刁　这些绿色经济可都在农村！

丈母娘　农村？

老　刁　农村包围城市嘛！这可是毛主席当年用过的策略。

丈母娘　老刁，农村也有这样好的形势？

老　刁　你要看清国家形势啊，2018 年习主席最关心的人是谁？是贫困户，国家带领老百姓全力以赴奔小康，大力扶持脱贫项目，你要瞅准机会！既可以为自己公司挣得名誉洗清污点，还可以赚钱！是不是一举两得？

丈母娘　有道理！

老　刁　想发财，找小超啊！他是扶贫第一书记，对企业带贫项目很了解。

丈母娘　好主意，为表哥这句话来一杯！（饮）

老　刁　喝完这杯酒，说说他俩的婚事，今天我可是来赴宴的……

丈母娘　哎呀老刁，小超这孩子我是丈母娘看女婿，越看心里越欢喜！

小　超　你妈看我是这个态度？

小　璐　以前不是，现在是了！

老　刁　你给个利亮话！这时辰可是提前算好的！

丈母娘　婚礼照常进行！

小　超　我的妈嗳，终于答应了！

丈母娘　停，到婚礼上叫，有改口费！

老　刁　我好人做到底，送佛送到西，（掏钱）这是表哥给你们的结婚礼金！一万一，万里挑一！

小　超　这么多？

老　刁　一万是我妈生病借你的，一千是礼金！

丈母娘　为表哥的万里挑一干杯！（二人干杯）

老　刁　大妹子！

丈母娘　老刁！

老　刁　咱们是不是该去婚礼现场了！

丈母娘　听政府的！政府让什么时候去就什么时候去！

老　刁　走，赴宴吃席去！

丈母娘　赴宴吃席！

老　刁　走！拜花堂去！

丈母娘　拜花堂去！

[二人踉踉跄跄下。

小　璐　这老刁哥还真神了，他把我妈生辰八字都给算出来了！

小　超　我给他看了你家的户口本！

小　璐　他连我家生意算的也那么准！

小　超　我说的！

小　璐　他在哪儿上班？

小　超　他就没工作！

小　璐　可他说是享受着国家特殊津贴的呀！

小　超　评上了贫困户，吃穿不愁！不就是享受国家特殊津贴了！

小　璐　贫困户啊？

小　超　成功脱贫的贫困户！

小　璐　看着也不像贫困户啊！

小　超　舅妈得病花光了全部家当，表哥借了一屁股窟窿，这种情况下才被评上了贫困户，国家因户施策帮着他办了一个养殖场，他才成功脱贫还还完了借款，现在又积极和政府合作，带动村里贫困户脱贫致富！

小　璐　坏了，这事儿要是被妈识破可就完蛋了！

小　超　赶紧去拜堂！

小　璐　快走！

[切光。

[剧终。

注：喜剧小品《老刁赴宴》获安阳市小戏小品大赛三等奖。

快板

青莲颂

打起竹板儿响哗啦，

我唱快板儿乐开了花。

要问我为什么乐开花？

皆只因，今天我专门儿要唱花，

我唱的这个花，

是鲜花的花 、香花的花、

是百花的花，万花的花

它是桃花、杏花、报春花，

梨花、兰花、牡丹花，

菊花、梅花、牵牛花，

樱花、茶花、丁香花，

玫瑰花、月季花、茉莉花、芍药花……

它们装点人间美如画，

各位听我来夸一夸。

夸夸它们多秀雅，

夸夸它们品质佳，

夸夸它们名气大，

夸夸它们万态千姿、难描难画、

芬芳灵秀、耐品耐察、争奇斗艳——

踔厉风发！

数九隆冬飞雪下，
那位武则天想去上苑赏百花，
下令众花接御驾。
百花接驾奉迎她，
连夜发芽开了花、
等着女王把它们夸。
唯独牡丹不听话，
抗旨不遵没开花。
武则天怒气冲天举火把，
要把牡丹来惩罚。
牡丹花仙脸不红、心不颤，
不惧淫威不怕杀，
被贬到洛阳一座小山下，
烧焦的牡丹又开花，
雍容富贵惊天下，
后人尊她“百花之首”口碑佳。

冬去春来南风刮，
迎春谁是头一家。
料峭寒气掠山崖，
在那峭石间陡然绽放报春花。
报春花开传春讯，
引领一春百花发。
她送飞雪，迎春华，
昭示人们扬帆远航披春霞。

一年之计在于春，
咱们争做岁首报春花。

菊花开在斜阳下，
面对大山依篱笆。
远离凡尘车马杂，
简简单单度年华。
宁静性情世所哗，
品格谦恭让人夸。
花开自是好风景，
世人都来效仿它。

百花性情有异差，
喜寒当数蜡梅花。
它不怕寒风冷，
它不怕冰雪压，
它不忌群芳艳，
它不争众口夸。
铁干虬枝耐寒打，
于无声处暗香发。

千朵花，万朵花，
姹紫嫣红开枝桠。
夸了梅花、报春花，
夸了菊花、牡丹花，
越夸心里越高兴，

顾不得口干舌燥嘴皮麻。
红的花、白的花、
粉的花、黄的花，
紫色花、蓝色花，
千种花，万种花，
这一一道来太繁杂。
还是给大家专挑一种花，
细细地把它来夸一夸。
说这种花，是我最爱的花，
也是今天我要夸的花，
前边儿说了那么多的话，
全都是为了隆重推出它！

我要夸的这种花，
大家一定喜欢它，
它的根、它的茎、它的叶子、它的花，
它的种子、它的芽，
里里外外、上上下下，
通身是宝造福千万家。
它是谁，谁是它？
出淤泥不染让它名气大，
濯清涟不妖让它本色佳，
中通外直让它明理天下，
不蔓不枝绝不拉拉杂杂，
香远益清君子雅，
亭亭净植好风华，

它就是我最爱的花，
它的名字叫荷花。
说荷花，道荷花，
荷花绽开在盛夏，
荷就是莲，莲也是花，
莲花自古众人夸。
莲的品格很高雅，
莲的美名传万家。
我调调韵辙喘喘气儿
您听我把莲的品格来归纳！

出淤泥而不染，
莲的品性高云端，
百花丛中无有攀，
多少人以莲为典范，
殊不知，身陷淤泥想学青莲难上难！
说淤泥，道淤泥！
淤泥其实是比喻，
金钱是淤泥，
权力是淤泥，
声色是淤泥，
谄媚是淤泥，
吹捧是淤泥，
官斗是淤泥。
沽名钓誉是淤泥，
趋炎附势是淤泥，

欺上瞒下是淤泥，
弄虚作假是淤泥，
封建特权是淤泥，
假公济私是淤泥，
买官卖官是淤泥，
投机钻营是淤泥，
排斥异己是淤泥，
独断专行是淤泥，
铺张浪费是淤泥，
道德败坏是淤泥，
淤泥前面不能有邪念，
有了邪念就想贪，
见了钱，放开胆，
利欲熏心一瞬间，
违纪违规把罪犯，
党纪国法全忘完，
千人指，万人骂，
伤天害理臭万年。

官场是个大染缸，
把你染黑没商量。
很多诱惑等着你，
看你抵御强不强。
也有人跟高洁的莲花一个样，
陷入淤泥能自强。
你要静静地听我慢慢唱，

看我是如何给你论短长。
听一听，多少人学莲花，在淤泥之中把关闯，
听一听，多少人学莲花，在淤泥之中造辉煌，

诗人屈原气节亮，
遭人谗言受凄凉。
忠君报国被流亡，
胸中郁闷诉衷肠，
创造楚辞有影响，
后人称他诗歌王。
文字华丽富想象，
爱国之情跃纸上。
世俗尘埃让他很绝望，
冒死进谏把命丢一旁。
失去屈原的楚怀王，
没有思想失主张。
战争四起楚国丧。
无辜百姓遭祸殃。
屈原越想越绝望，
决心跳进汨罗江，
洗掉世俗一身脏。
他是个清清白白、坦坦荡荡、
不随世俗、不惧炎凉
不苟且偷生的好栋梁。

不为五斗米折腰，

陶渊明的气节高，
不做官场和事佬。
愿回田园侍禾苗，
起早贪黑锄荒草，
归隐南山乐逍遥。

女词人，李清照，
词坛才俊心境高
生作人杰抗权暴，
死为鬼雄女英豪，
亭亭净植迎风暴，
青史流芳美名标。

屈原、陶潜、李清照，
他们人品气节人难超，
忧国忧民不图报，
个人利益脑后抛。
气节似藕无曲绕，
品质如莲节节高。
青莲的品德人仿效，
感人的事迹青史标。
张衡拒收“金错刀”，
司马迁退还玉璧把女儿教，
王安石头笑着拒收文房宝，
包文正铁面无私杀侄儿用的是大铡刀，
他们都在把莲仿效，

身处淤泥保情操。

到这里
我是越唱越欣喜，
越唱越得意，
越唱越觉得受鼓励，
古人的气节尚如此，
我们青年人绝不迷离无所依。
坏的东西要抛弃，
好的东西要学习。
青年学青莲，
把莲来铭记。
学习莲的：
不贪不占、不躁不急、
不悱不发、不愤不启、
不卑不亢、不挠不屈、
不蔓不枝、不疾不徐、
不当不正、不即不离、
不紧不慢、不破不立。
青莲的品质要牢记，
青莲的胸怀要学习，
青莲的气节要牢记，
青莲的纯洁要学习，
请问您：我说的在理不在理？
志向该不该这样立？
如果说得有道理，

就请您，为我加油把我的志向来鼓励，
我们要把青莲的品德来学习，
让我们的人生更美丽！

注：音乐快板《清莲颂》与述童合作完成，本人执笔为第一作者。曾参加中央电视台举办的第七届中国少儿曲艺大赛。

三　论文类

初探大锣戏

中国的戏曲文化多彩纷呈，历史悠久，不同地区的戏曲艺术形成亦独具丰采，在众多的戏曲种类中，古老的大锣戏更具有独特的艺术魅力，大锣戏方言又叫大乐戏，历史悠久并覆盖于冀鲁豫三省交界一带很大区域，原于底层的，民间的，边缘的文化形态，历来都为人民大众所喜爱，这一古老剧种是我省民俗文化的重要组成部分之一。

大锣戏产生、流行于冀鲁豫交界一带。它应是弋阳腔系之源，采用“前台一唱，后台众乐和”的帮腔形式。使用打击乐器很多，又独特，并用唢呐主奏，这是全国各剧种没有的，所以音乐唱腔十分优美，是我国极具地方特色的稀有剧种之一。据老艺人代代传说，大锣戏始于唐太宗李世民时期，一次他与大臣们议论国事说：“大乱后，国难治”。魏征说：“不然，人民遭受了战乱的痛苦，今后不再用武力，重文教，国家就容易治理。”于是唐太宗采纳了文治，注重文化的宣传教化工作，首先在宫廷中抓起，启用近臣祖孝孙教授音乐，自编自演一些节目，在宫中试演，由于表演内容不一，角色造型也就不同，丑角无人愿演，李世民就亲自扮演，还让魏征出头场。这也是至今戏曲中以“丑角为尊，头面官为大”的传统渊源。开始在宫廷中演唱，观众大都是后妃贵夫人，叫眷戏。以后又增加了锣鼓打击乐，叫眷锣戏，并逐渐推向民间教化大众，到宋代更为完善。在锣戏传布过程中，其名称也烙上了地方印记。如传到山西的叫山锣戏，传到冀鲁豫边区的叫大锣戏。历经沧桑，有的锣戏被当地剧种同化了，有的则完全失传，而豫北一带的大锣戏却代代相传，保留下来。大锣戏的形成、发展经过了漫长的历史沧桑。据调查现仅存的大锣戏剧团班有新老剧目 130 余个，经常演出的曲目40余个。古典剧有《杨景征南》《鸡鸣关》《太原府》《三省庄》等，现代剧目有《青松岭》《沙家浜》《红灯记》等。自编剧目有《护树园》《村史》等。

大锣戏历史久远，又因它综合了“宫廷”与民间的艺术精华，与其他剧种相比，有它自己的艺术特色。

首先，大锣戏的伴奏乐器与其他剧种不同。文场乐器以唢呐领奏，其他弦、笙、笛、胡、琴等只是辅助乐器；武场以大锣为主，特殊的长尖子号、大铙、大镲必用，鼓、钹、二锣、过子等打击乐为辅并用。外剧种是出男角为重乐器，而大锣戏是出旦角时必用大笛，重打击乐助威。过去又是老艺人口传无有乐谱。

其次，大锣戏的唱腔与其他剧种不同。据说现在只有流行在豫北一带的大弦戏是它的分支，但它与大弦戏在唱腔上、乐器使用上又不同。大弦戏是先拉腔后吐字，大锣戏是先吐字后拉长腔。

再次，大锣戏与其他剧种在剧目上唱词上不同。大锣戏有它自己口传的剧目，一般剧种不会唱，过去的老艺人不开放，也很少学到别家的剧目。在唱词上各角色均没有大段唱词，但唱词要求又是七字押韵十分严谨。

通过对曾流传过大锣戏的地方进行走访调查，我们了解到只有内黄县李官寨和滑县万古至今还存在着这种即将绝迹的剧种。但两者的大锣戏目前也处在发展的瓶颈阶段，困难重重。剧团成员老化，人才断层，执导力量薄弱，需要充实各方面的新生力量。需要进一步挖掘剧目。大锣戏沿革已有近千年历史，过去只凭老艺人代代口传，许多剧目、曲调都可能散轶，这就需要普查、挖掘、整理、形成文字，建档保护。过去购置的服装道具已使用多年，大部分已经陈旧不堪，无法适应新时期的演出需要。大锣戏不管是研究整个中华民族戏曲史，还是丰富祖国戏曲文化宝库，都有它独特的学术价值，近期在距内黄县几公里处，发现了汉代村落，更加说明这一带人文发展源远流长，通过戏曲文化的深入发掘，将有助于研究中原汉代文化的发展史。大锣戏自传播到民间以后，历代都为人民群众接受，在民间牢牢扎下了根。人民可以通过戏曲叱恶扬善，以德为本，弘扬民族精神。从往年剧团外出演出的情况看，场场都能吸引老中青不同年龄段的观众观看。不像有的剧种观众只有老年人到场，年轻人无人光顾。演职员只要坚持为广大群众服务这一宗旨，大力弘扬这一戏曲文化，将有助于两个文明建设，将会有更大的用武之地。

为保护大锣戏表演艺术，内黄县和滑县都有采取了必要的保护措施，并成立了县非物质文化遗产保护领导小组督导县文化局组织实施，内黄县李官寨的大锣戏已着手申请国家非物质文化遗产，现准备工作已经就绪。

注：本文于2007年7月在《东方艺术》发表。

香中别有韵　大爱无需言

记河南省第十一届戏剧大赛《大爱无言》导演王香云

一个痴情的姑娘与一戍守边关的军人经常鸿雁传书，却素昧平生。不料军人因公高度致残，姑娘在灾难面前不离不弃、同甘共苦、相依相伴，最终结为百年好合，这个真实的故事感动了亿万人民。这个故事中的女主人公吴清芬因此被评为“感动河南十大新闻人物”，也被拥戴为新时代的“好军嫂”。这个故事感动了河南省文化艺术研究院一级编剧孔凡燕。孔凡燕根据这个真人真事写出了一部催人泪下的剧本《大爱无言》，打破了以往真人真事题材创作上容易罗列事迹的倾向，不人为地拔高人物，而是在“剧情”上下功夫，以情感人，以情设戏。这部源于生活、高于生活并且艺术化地表现生活的剧本，刚一脱稿就吸引了一个年轻的女导演，她胸有成竹地站在排练场上，连续几个月呕心沥血地执导二度创作。于是，在河南省第十一届戏剧大赛的舞台上我们把目光聚焦在她的身上，她就是《大爱无言》的导演王香云。

走进剧场，观众深深地被这样的场景所吸引，男主人王运景因公致残失去了双臂，在他面临着左腿截肢时，他在清芬的帮助下，咬紧了牙关，忍受着剧烈的疼痛，坚持练习走路，就这么一场看似简单的情节，导演却浓墨重彩地强调了它对艺术感染力，充分地运用了传统戏中的“劈叉”“锉步”“转盘”等表演程式，使这场戏充满了虚拟性的戏曲表演元素，较好地体现了导演熟练地运用传统程式的艺术功力。

剧中“红雨伞”的处理成了点睛之笔，当这对在灾难中相濡以沫的情侣撑着一把红伞，互相搀扶着行走在雨巷时，导演着力营造了一种诗化的意境。她希望这把雨伞变得更小一些，让他们的爱挨得更紧些，她也希望红雨伞变得更大一些，大的就像一个家。随着红色光区逐渐变大，整个舞台的圆心都变成了红色，这是一种美的升华，是心灵境界的升华，表现了爱的一种境界，这种处理不仅冲击了观众的眼球，也让大家欣赏了一部美奂绝伦的爱情故事。

中国戏曲学院著名教授杨非称本剧导演构思神秘奇特，点子很多，舞台美术简练，心形的圆心寓意了吴清芬博大的胸怀，达到了舞台呈现与人物内心世界的和谐统一。

《中国戏剧》主编姜志涛评价这部剧的导演追求诗的品位和美的意境，特别是男主人公呈现给大家的是他没有手，但我们却看到了他的心。这种处理不是一般导演所能胜任的……面对着这么多专家的好评，不由地吸引着我想去了解本剧的导演——王香云，想去走近她，窥探她的艺术历程。

一

王香云出生在许昌长葛市南席镇茅岗魏庄村一个普通的农民家里，父亲是位老师，母亲是一位典型的家庭主妇，姐妹四个，她排行老二。她从小就喜欢体育、唱歌。性格跟个小男孩一样，学校每次举办运动会总少不了她的身影，她特别擅长田径，100米、200米、800米、跳远、跳高……每次只要参加准拿奖项，乒乓球、篮球、更不在话下，为了这些体育爱好，王香云可是没少挨母亲的打，常常和小伙伴打乒乓球打得入迷，放学以后就忘了回家帮妈妈烧火做饭做家务。每次都是母亲找到学校软硬兼施地劝她回家吃饭她还恋恋不舍，执意要打完最后一局。香云不但体育好，在唱歌上也很有天赋，8岁那年，她缠着爸爸教她学唱父亲那个时代的“样板戏”，父亲被缠得没办法，就张口给她唱了《红灯记》李玉和唱的：“提篮小卖，拾煤渣担水劈柴全靠她”，没想到王香云马上唱得有板有眼，还配着动作，看着香云像模像样的表演，当时在场的姑妈，被她那可爱的表演逗得前俯后仰，姑妈说，俺家香云以后肯定会成个歌唱家。姑妈的这句话深深地藏在香云的心中——我一定会成为歌唱家。以后只要有什么流行歌曲，她都留心学，一学就会，那时候她的偶像是彭丽媛，彭丽媛的歌她都会唱，而且模仿得很像。

1993年10月，年仅14岁的王香云听说许昌艺校来她们南席镇招收学员，她心里一阵高兴，南席镇离她家还有十几里路，香云就央求妈妈陪她去，看着女儿那双乞求的目光，妈妈经不住缠磨就答应了女儿的要求，套上了家里那头正在犁地的老牛，装上了为女儿报名的费用——50斤小麦，驮着女儿吱吱吱地踏上了寻求艺术的道路。

二

艺校的一切对于王香云来说都很新鲜。她穿着自己设计的练功服，一头短发，她觉得此时自己是世界上最幸福的人，艺校的课程繁重，但对痴迷艺术的香云来说不在话下。艺校的校规严格，每天天不亮就起床练功，踢腿、下腰、劈叉、拿大顶、飞脚、虎跳、哪一遍下来都让刚入校的新生龇牙咧嘴地喊腰酸腿疼，很多同学都坚持不下来偷偷哭鼻子呢，而以前酷好体育的王香云对这些基本功练习如鱼得水。在“唱念”课上，她更是对自己要求严格，她牢记着“台上三分钟，台下十年功”的古训。有时候，为了几句唱腔，要数十次上百次地练习。功夫不负有心人。凭着自己勤学苦练来的一身功夫，1997年4月，王香云考上河南省豫剧三团，去省三团报完到的王香云直接跟着团下乡演出了，她的这种快速适应舞台的能力获得了省三团艺术家们的赏识，都对眼前这个小姑娘产生了好感。刚走上舞台的王香云认认真真演好每一个小角色，她演《小二黑结婚》里的女区长，把女区长塑造得很有魄力、《儿大不由爹》里的大嫂她演得惟妙惟肖、《倔公公犟媳妇》里的犟媳妇她塑造得活灵活现。她知道“学无止境，艺海无涯”这个道理。在业余时间，她没有放弃对唱歌的热情，她跟河南大学声乐系的著名教授邱亚洲学声乐，一学就是两年。她一直为小时候那个梦想做着准备，从不放弃每次机会，1998 年参加了河南省电视台举办的第一届“帝豪杯”双栖明星戏歌大赛，她表演了两个节目，一个是彭丽媛的《父老乡亲》一个是《朝阳沟》上山选段，她旗开得胜夺得了这次比赛的二等奖，领到了一台步步高 VCD。经过两年的卧薪尝胆，2000 年在郑州市第三届青少年专业歌手大奖赛中，她凭着自己的实力，以一曲东北民歌《江河水》，获青年组一等奖第一名。2001—2002 年度她还荣获河南省文化厅共青团授予的优秀共青团员称号。

可能是因为小时候太喜欢体育的缘故，王香云的个头长到了一米七，刚上艺校那会儿，一般的男演员跟她同演一台戏，个子就显得没她高，在舞台上有点不好配戏。一次偶然的机会导演许欣复排《朝阳沟》，让王香云在排戏的空当帮他做场记。许导看到香云一点就透的样子就打心里喜欢，他说：“香云啊，我发现你个子太高，不太适合做演员，你做导演挺有灵气的。你看你做了几天场记，就知道把演员当作自己的镜子了，这是做一名导演最基本的条件。”说者无意，听者有心，许导的一席话让她考虑了很久，当导演是很有挑战性的，放弃小时候那个魂牵梦萦的理想又有些舍不得，就这样思来想去斗争了好长时间，她终于下定了决心。我王香云就是喜欢挑战性，去就去，不信我就学不会，于是她趁着闲暇买来了许多书籍开始埋头苦读，白天去演出，晚上挑灯夜战。她恨不得一晚上就把高中的课本全学完，由于准备不充分第一年没有被录取。听到落选的消息，香云把自己关在屋里反省了三天三夜，不吃不喝，一直不敢出门。党支部书记赵其同（已退休）书记开导她：“香云，你已经有了自己的奋斗目标，今年虽说失利了，明年接着再考，你放心，我们团永远支持你。”听了赵书记的一番话，王香云坚定了信念。是的，今年不行明年再来。

2003年，全国上下都在抗击“非典”，就在这一年高考时间往前提了一个月，5月底刚从北京演出回来的王香云，向团领导请了一个月的假，自己把自己送到郑州市四中去当了一名高三学生，开始了为期一个月漫长而又短暂的求学生涯。毕业班的学生都在做最后的冲刺，王香云也在做最后的冲刺，学生们做什么王香云一样也不落下，这其中的艰辛只有她自己知道。一个已经参加工作的人又重新回到课堂上去读书，这是多么具有挑战性啊。她就喜欢挑战，她觉得父母给了自己一条生命，是苦是乐要靠自己打拼，只要认准了一个目标，再难再累也要坚持到底。准备高考期间，再也听不到她那甜美的歌声，取而代之的是背诵课文的声音，她背课文的声音也像唱歌，有起有伏，有张有弛：“管宁、华歆共园中锄菜，见地有片金，管挥锄与瓦石不异，华捉而掷去之。又尝同席读书，有乘轩冕过门者，宁读如故，歆废书出看。宁割席分坐，曰：‘子非吾友也！’……”同学们都为眼前这位姐姐的精神所折服。俗话说：一分耕耘，一分收获，这一年她正式被中国戏曲学院戏曲舞台导演系录取，捧着《录取通知书》香云的眼湿润了，她想起小时候因为母亲不让她去邻村看电影把她反锁在屋里，她趁着母亲不注意偷偷地越窗而过，虽然那次挨了打，但是毕竟看了自己喜欢的电影，挨打也值，这次考上了中国戏曲学院戏曲舞台导演系，感觉就像小时候看电影挨打一样——值。

三

进入中国戏曲学院以后，香云感到就像当年走进许昌艺校一样，同样的练功服、运动鞋，不同的是当年是一头齐耳短发，现在是一条齐腰大辫子。当年是自由展翅的小鸟，如今是翅膀将硬的雏鹰，来到了艺术最高的殿堂，她如早晨的小草一样吸收着晨露。香云知道作为一名戏曲舞台导演，任何一个构成戏曲舞台艺术整体的众多艺术元素，都必须要在导演的统一构思下进行创作，才能使一部剧本的综合性达到最完美的境界。她觉得做一名导演真的很伟大，她想做一个像豫剧界的袁文娜，话剧界的田沁鑫、孙维世，影视界的王好为、李少红、马俪文那样的女导演。上了戏曲导演系以后，她才对自己团里《朝阳沟》有了更高的认识，她认为《朝阳沟》非常注重展示人物的动作、心理变化，合理地组织构成银环动摇这一主体事件的逻辑性，准确地把握好推向情感高峰的层次性，使其产生一种独特的美学神韵，这种独特的美学神韵使《朝阳沟》成为艺术的经典，成了豫剧现代戏伟大的里程碑。这是以前在省三团做演员时所没有意识到的。香云为当初选择做导演这一行业而高兴，她觉得自己并没有离开舞台，这些以前未知的知识充盈着王香云。她在戏曲学院更加如鱼得水了，她参加了学院的勤工俭学，在学院入了党，还是每年奖学金的获得者。最大的收获是她在学院其间，自编自导了几个剧本，在塑造人物时，既把握了戏曲艺术的总体手段，又谙熟了剧本艺术手段的特殊功能与局限，善于开掘、善于突破、善于创造，塑造出了具有鲜明的戏曲总体特点，显示出独特剧种特色人物形象。得到了老师和同学的好评。当然，她仍然不放弃任何一次登台表演的机会，在学校组织的校园歌手大赛中，她表演的歌舞《万里春色满家园》获得了二等奖。在校期间，她编排过小品《踢毽子》《声声慢》《车站》《一条短信》《革命》《人生》等，均获老师的好评并参加学院导演系每学期的汇报演出，毕业创作大型现代戏《岁月》，成功上演，受到学院领导的高度好评并载入学院导演系史册。总之，香云把四年的大学生活打理得有滋有味，很充实。暑假期间正值河南省第九届青年戏剧大赛，王香云为朋友高秋月量身定做了一个小戏曲《盗靴》，这部小戏曲在舞台演出的创造中，舞台节奏和场面调度这些专业导演的基本手段把握得很恰当，一举夺得大赛金奖，就是通过这个小戏让我省著名的剧作者孔凡燕老师眼前一亮，也就是在这次比赛中，孔老师记住了王香云这个名字，他为我省导演界继袁文娜、芦珊之后即将出现又一个后起之秀按捺不住心中的激动。

2008年5月份，王香云成了河南省豫剧界第一个本科出身的女导演，刚踏上工作岗位的她接手了18集戏曲电视剧《山里的汉子》的副导演，这是我省拍摄最长的一部戏剧电视剧，场面宏大，阵容强大，贾文龙任男主角，著名表演艺术家张宝英、颜永江、杜君泰、杨红霞等倾情演出，面对着这样一部大戏，王香云出色的表现，得到了很多老艺术家的好评，省三团团长汪荃珍说：没想到当年的生瓜蛋现在稳重多了，长大了，看来上完中国戏曲学院回来就是跟以前不一样了，思考问题更成熟了。

四

河南省第十一届戏剧大赛临战前，编剧孔凡燕老师力荐王香云做《大爱无言》的导演，孔老师力排众议，他说虽然王香云没有经过太大的风雨考验，没有拜在某个名师的门下，知道她的人又少，但我坚信王香云一定能做好。果然不出孔老师所料，王香云拿到了《大爱无言》的剧本后，认真地对这个剧本的主题和现实意义进行了分析，她认为《大爱无言》虽然是一个感人的故事，但它同时透射出了一些人生的深刻意蕴，那就是不同命运的人对人生有不同的思考、选择和坚守。在爱与被爱面前，人的思考和性格将怎样从困惑中成长、历练继而超越和升华？我们之所以被这种大爱深深的感动，说明我们的社会还需要这样的爱；我们之所以被这种大爱所深深感染，说明我们还需要进一步来完善自己的心灵和提升人格力量。我们需要，社会需要，国家和全世界都需要！爱，将在我们每个人心中无声地漫延。在二度创作上香云也下了大功夫，她认为本剧总体的创作原则应该是现实与浪漫主义诗意的结合。以严谨的现实主义创作态度和方法，来塑造鲜活立体的人物形象，并着力强调演出形式的美感和意蕴，还要充分发挥戏曲艺术的特长和优势，强调演出结构上的时空多变性和音乐性，在艺术效果中达到感动和深刻；在唱腔设计上，她认为在保持豫剧这一剧种的粗犷、豪放的演唱特点之时，更要注重细腻的、淳厚的、如泣如诉的、优美流畅的曲调旋律，淋漓尽致的抒发人物心理和性格，让观众从头到尾都有一种回味无穷的感动。另外，在把握音乐本体特色的基础上还要进一步挖掘每个人物唱腔的个性特色，创造出独特、鲜活典型的性格化音乐唱腔形象来；关于舞美她也有独特的见解，舞台美术包括灯光造型除了准确生动的营造舞台环境之外，更要有独特的语汇和参与舞台行动、表演，参与人物内心情感丰富的形象表达，灯光要像人一样的倾诉、像音乐一样的流畅、抒情。总之，这部戏要有情有戏，好听，好看。

王香云虽然很年轻，但她的理论很强，能结合着实践给你说出来让你信服，安阳市豫剧团的演员们对这位年轻的女导演佩服极了，几年的舞台经验让王香云做起导演更像骏马脱缰。在我第一次见到她时，她正在舞台上给两位主演说戏，剧中男女主人公吴清芬的扮演者王丹和王运景的扮演者任现军对这两个人物“梳头”的情感投入不到位，她就对两位演员分析了其在剧中的重要性，她说吴清芬是博爱和大爱的天使，是绿色军营和官兵眼中的白鸽。善良、质朴、善于思考和学习，聪明、善解人意，军人的梦想使她超越了一切世俗的羁绊，对军人的崇拜使她无怨无悔地爱着王运景，即使在生活最困难的时候捡垃圾，她也以苦为乐，不辞辛劳，给王运景以生的希望和活着的坚强。她忍耐、宽容，一步一个脚印地编织着军嫂魂，一遍又一遍的为王运景树立和坚守着军人梦。当爷爷重病、工厂除名、爸妈责骂、旁人讥讽，她又倔强地头顶世俗的压力和良心的拷问，让无言的大爱一次次地洗刷思想的困惑、继而突破、超越。一点点的幸福就会成为她的大幸福，王运景一次次的站立就会使她的爱永不停息，年复一年，日复一日。她是爱的化身，是爱的美神，是运景的一切，是西藏雪山红旗上最亮最亮的那颗星，她是世界上最幸福的人，因为她终于成为一名好军嫂。对剧中男主角王运景也进行了分析：你是军人中的楷模，是吴清芬心中的英雄！即使没有双臂，你的意志也如城墙般坚固，在你为抢救藏族群众生命安全被电击伤残时，理想和希望随之破灭，你曾想过自杀，你万念俱灰，仰天长叹，痛苦时泪如泉涌，烦闷时暴躁如雷，但你的心中永远装着部队，装着你军人的职责，当吴清芬来到你的面前，你不敢面对真实的人生和自卑的心理，你恐惧，你大喊大叫，即使这个时候，你也依然没有忘记你是一名军人。当得知腿要截肢时，你依旧做出了坚强的选择，你是名军人，所以你不能没有腿，在你的心灵深处，装满了对部队的怀念和对清芬的爱。你知道，没有清芬的爱，就没有你的今天，你是一名英雄，因为你心中装着军人的大爱与气魄，你就是英雄，一名使吴清芬永远幸福地爱着的英雄。吴清芬和王运景在经历了各种灾难走到一起是多么的不容易呀，在他们的新婚之夜，没有双臂的新郎对为他付出各种艰辛的新娘内心充满了愧疚，他要让自己的新娘幸福，这时候他要求给自己的新娘梳头，没有双臂的丈夫要给自己梳头，这对吴清芬来说自己此时是世界上最幸福的人，以前所受的苦和累在这一瞬间顷刻化为乌有。导演的一席话让两位主角茅塞顿开，也赢得了台下演员的阵阵掌声。以前的舞台经验丰富了香云，在她给演员说戏时，手势、身段做得比演员还要到位，没事的演员就喜欢坐在台下看这位年轻的女孩排戏。最让王香云感动的是她对《大爱无言》这个本子做了很大改动，能做她父辈的孔凡燕老师都能欣然接受并配合她改动剧本，这一点让香云涌动着些许的温情，她知道自己在阻力和困难下，人应该一定能做得最好。在孔凡燕老师和耿玉清老师的鼎力帮助下，王香云终于呈现给观众一部非常大气的《大爱无言》，这部作品就像春风一样，吹进了人们的心里，涤荡着人们的心灵，使人们在内心思考——在生活的种种压力下以怎样的姿态来面对社会，面对人生。

当观众走出剧场，抹去眼角那一汪热泪，开始深层次的思索时，我想送给香云一句话，权当我对这次演出的观后感吧：

香中别有韵，大爱无需言。

注：本文发表于2008年12月《东方艺术》。

浅议罗卷戏的保护

罗卷戏方言又叫大乐戏、大锣戏。它历史悠久并覆盖于冀鲁豫三省交界一带很大区域，源于底层的、民间的、边缘的文化形态，历来都为人民大众所喜爱，是我国极具地方特色的稀有剧种之一。2007 年被列为河南省非物质文化遗产保护名录。据老艺人代代传说，罗卷戏始于唐太宗李世民时期，逐渐推向民间教化大众，到宋代更为完善。有的罗卷戏被当地剧种同化了，有的则完全失传，而豫北一带的罗卷戏却代代相传，保留下来。内黄县李官寨和滑县万古乡至今还存在着这种即将绝迹的稀有剧种。但两者的罗卷戏目前也处在发展的瓶颈阶段，困难重重。滑县的罗卷戏一年演不了几场，目前能看到的也只有内黄县李官寨的罗卷戏剧团，内黄县李官寨罗卷戏于明初成立玩会班，兴盛于新中国成立以后。1953 年经省颁发演出证，目前该团是河南省罗卷戏唯一一家持证剧团。

一、罗卷戏存在的问题

李官寨的罗卷戏剧团现状为：成员老化、人才断层、执导力量薄弱，作为民营剧团不像国营大剧团在某些政策上可以得到国家的支持。为了充实各方面的新生力量，剧团想出的招数就是：凡来剧团学戏的学员，剧团不仅不收新学员的学费反而会倒给新学员生活费，（给新学员的生活费都是本剧团的成员自掏腰包）听着这些条件真的很优惠，但还是留不住人，现在在城里打工挣的钱和剧团给的钱相比真的是相差太远了。作为被录入河南省非物质文化遗产稀有剧种的罗卷戏，虽说是一家民营剧团，但目前仍坚持演出第一线，演出费通常为一场两千块钱左右，有时为了生存几百块钱也会去演。

在2007年文化普查时，罗卷戏剧团有王计礼、王山河、王桃顺等十几位老艺人健在，活跃在舞台的最年轻的演员平均年龄在四十岁左右。截止到2011年，十几位老艺人只剩下两位，其中一位老艺人患有偏瘫已经失去说话能力，现在唯一一个还活跃在舞台上的老艺人叫王桃顺，今年七十有余，王桃顺自幼在父辈的影响下，从小耳濡目染十来岁就登台演出，王桃顺老艺人深深知道：以前的心口相授并没有为罗卷戏留下什么可以参考的文字资料，如果自己走了以后，那么罗卷戏就会随着他走向坟墓。2009年，当安阳市艺术研究所提出要帮助老艺人着手整理剧本时，这位老艺人知道后激动地说："我愿意和你们一起整理剧目，我这样做就是为了让后人在若干年以后知道安阳市境内还曾有个稀有剧种——罗卷戏。"听完王桃顺老艺人的一番话，我们眼底湿润了。历经两年的时间，我们共协助老艺人整理出剧目25部，我们清楚地明白这25个剧本来之不易，这是罗卷戏最后一位七十有余的老艺人一个字一个字努力地从他的口中说出来的，为了这25个剧本，老艺人的眼睛已经累得几乎失明，每次他口述出来都会戴上老花镜把整理好的本子再认真地看一遍。老艺人说他这辈子之所以到现在还和罗卷戏剧团有着剪不断理还乱的关系，关键是他有三个儿子，这三个儿子当初虽然没有听父亲的话去学戏而从了商，但在金钱上却毫无怨言地默默支持着父亲。老艺人还说，只要他还活着，还会把剩下的剧本在有关部门的帮助下整理出来。

整理出的25部剧本包括历史戏《鸡鸣关》《李存孝过江》《合镜恨》等17部；传统戏《秦香莲后传》《锔缸》《火龙驹》《黄牛横宫》等8部。这跟2007年罗卷戏被列为河南省非物质文化遗产保护名录时文化调查的130余个新剧目相差甚远，也与经常上演的40部剧目相比有一定的距离。这25部戏曲剧本的整理，不仅对研究罗卷戏具有极高的艺术价值，还对研究明清时期的社会政治、文化、生活具有极其宝贵的史料价值。但是目前由于经费所限，整理好的剧本尚未铅印成册，呼吁上级给予支持，使这一民间稀有剧种更好地保存下来。

二、需要采取的政策和措施

目前，罗卷戏的保护既有认识方面的困难，也有组织方面的问题，但最关键还在于要立法。事实证明，有了立法，消解一些人为因素，那些急需保护的将得到切实的保护。戏曲的保护单凭传承人往下传承不能立在舞台上、活在社会上，要加大生产力度，搞大规模的会演，增大社会影响力，也像创新剧目一样设奖项评奖，这样才能完成戏曲化生产，也更具多样性。精排传统经典剧目，已超出了演出的外相价值，更重大的意义在传承，既对传统化的套路继承了下来，又挖掘出了新的东西（很多所谓新的东西还是传统的东西，是我们之前失传丢失的东西）。这也是传统戏曲的精髓。

像罗卷戏这种民间稀有剧种演出活动多处于自发状态，在现实社会中的生存境况比国有大剧团更要严峻。有关部门在稀有剧种的保护和生态建设中，视野不能局限于舞台，应该看到稀有剧种生存、发展的民俗文化、宗教祭祀文化链，它是一个超越戏曲和艺术的文化生态系统，看到并重视这种生态链的保护、建设，对稀有剧种的保护和发展将起到积极的作用。

罗卷戏又是一个地方方言浓厚的少数稀有剧种，乡土气息浓郁，深受群众喜爱，以方言演唱、流传范围较小的本土腔性质的民间小戏，对民间稀有剧种的保护，我认为应该对方言进行维护。方言是稀有剧种风格特色的根本体现，在稀有剧种中保留方言，在一定程度上就是保留住了民族传统文化的特殊载体，充分诠释和展现了中国传统戏曲文化的多样性、丰富性。不应顾虑外来观众听不懂而在演唱上力求向普通话发音靠拢，否则可能既丧失剧种特有的风格，也不利于争取基本受众群。稀有剧种的传承借助于演出传播载体而展开，在众多传播载体中，基于演出者采取本土方言表演所形成的载体又至关重要。就罗卷戏戏曲艺术形式、发展的历史及其演变规律而言，它是属于一个小剧种，但小剧种是大剧种的前身，大剧种由小剧种发展而成。戏曲艺术传统的层次性和历史发展的阶段性是一种客观存在的事实，对不同层次、不同阶段的民间艺术家、艺人或文人、文化人的创造成果，都应该视为不同层次、不同阶段的遗产，视为戏曲艺术传统文化的组成部分，不应有偏见。需要领导和社会都来重视，民间的保护是重要的保护，只要民间存在这种艺术，它就不会消亡。不过要保护得好，保护有力，还需要各级政府的大力支持，要调动一些有经验的老同志参与保护工作，要保护就要比较完整地保护明白，只保护展示出来的一点点东西是不够的，这样容易造成误解，而且会越演越小，越演越少，最后不仅保护不了，还有可能促使其死亡。要保护完整的原版，而且有太多忌讳就保护不好，保护之前需要做好整理工作，要根据情况适当进行整理删减，贪大不是保护，也容易破坏原有的好东西，对戏曲而言，坚持在群众中演出也是一种保护办法。

稀有剧种是中华文化传统的组成部分，是文艺百花园的一朵奇葩，是中华传统文化传承的重要渠道，我们要高度重视，加强领导。首先是宣传部门、文广新局、党政部门要重视；把这项工作摆上重要位置，列入议事日程，年初布置、年中检查、年终总结时要突出，同时要建立相关工作机构、成立保护小组。二是要立足传承、注重创新。稀有剧种的传统精华，经典剧目、精彩的表演模式、道具服装等等我们都要想办法挖掘、整理，把它保护下来，如果失去了这些，那就是不叫稀有剧种了，所以要抓紧抢救，要跟时间赛跑，如果一些老艺人不在了，也就没可能传承，要列入计划，年终要盘点。当地党委宣传部门对抢救、保护要投入资金。同时不能只停留在整理工作的层面上，对于老套的表演手法、模式、舞台等也要创新，要有勇气，要想办法，没有创新就改变不了观众的结构，就拓不宽演出的空间，也使传承保护受到局限。但这些对于罗卷戏来说，生存都是问题谈何再去在表演手法、模式等方面的创新。其实有好多地方都存在着这种现象，认为稀有剧种录入国家级或省级非物质文化遗产名录就已经是对其进行保护了，这种看法和想法是极端的错误，保护是多方面、多渠道的。三是要重视人才培养，省、市有关部门要加大对稀有剧种的指导工作。文化厅、剧协、群艺馆等要主动给剧团传递有关信息、动态，加强对剧目的筛选整理、新剧目的推出、表演排练等方面的指导。委托一些院校的文艺班级，把短期班、训练班跟院校培养人才结合起来，以提高演员们的演出水平。四是要培育市场，培养观众。传统戏曲要想在现代社会中获得新生，必须借鉴和尝试新的艺术手法，作为戏剧艺术，应该与时俱进。艺术要发展，要流传，演员队伍的接班人很重要，观众“接班”其实更为重要。河南省作为一个戏剧大省，在这方面做得尤其成功，这几年来的戏剧赛事越办越火，不仅激发起基层剧团参赛的热情，也培养了一大批年轻的“受众群”，但对于市级以下的很多年轻人来说，他们对戏剧的了解还不是很透彻，怎样更好地去宣传、去普及、去推广，去让他们对戏剧不能说爱好，起码让他们产生点兴趣，这是我们基层文化部门应该重视的。如何使古老的传统的艺术能够跟上时代的脉搏，这个也是我们戏曲人探索的一个比较重大的课题。五是强化激励，形成合力。要争取增加对稀有剧种的投入，争取一些文化基金扶持，要制定稀有剧种演职员一定的激励机制，提高他们的地位，让他们有荣誉感、归属感，要把稀有剧种的人才纳入省、市优秀人才的整体计划。利用媒体集中大力宣传，形成稀有剧种传承保护的氛围，同时争取热心社会公益人士支持。罗卷戏之所以成为稀有剧种，是因为它的生存与发展出现了困难，所以对它的保护与传承并不容易，有时它比起创作与改编演出剧目要花费、要投入更多精力与资金。因此，探索在市场经济条件下保护与继承传统戏曲文化遗产的新途径，也成为引人思考的重要课题，而一旦政府与群众两方面的积极性都被调动起来时，罗卷戏当会更幸运，那么它的保护与传承，自然会有更光明的前景。

三、保护背后的意义及价值

罗卷戏被河南省列为非物质文化遗产不管是研究整个中华民族戏曲史，还是丰富祖国戏曲文化宝库，都有它独特的学术价值，近期在距内黄县几公里处，发现了汉代村落，更加说明这一带人文发展源远流长，通过戏曲文化的深入发掘，将有助于研究中原汉代文化的发展史。罗卷戏自传播到民间以后，历代都为人民群众接受，在民间牢牢扎下了根。人民可以通过戏曲惩恶扬善，以德为本，弘扬民族精神。大力弘扬这一戏曲文化，将有助于两个文明建设，将会有更大的用武之地。

注：本文《浅议罗卷戏的保护》发表于《魅力中国》2012 年第 12 期（中）论文版。

岁寒梅花齐争艳　暗香浮动安阳城

——记河南省“首届黄河戏剧奖·梅花表演奖”大赛

2012年11月29日，河南省“首届黄河戏剧奖·梅花表演奖”大赛在古都安阳隆重开幕。河南省文联主席马国强，中国剧协副主席李树建，河南省委宣传部文艺处主任科员蔡红霞，以及安阳市领导常保利、乔国强、曹季敏、郭旭东等人出席了开幕式，开幕式后，与会领导和观众一起欣赏了三门峡豫剧团的参赛剧目《虢都遗恨》。

黄河戏剧奖是经省委宣传部批准的省级文艺奖项，从2012年开始增设梅花表演奖作为其中一个奖项，每两年举办一次，以与中国戏剧奖·梅花表演奖接轨，奖项中的前两名将代表我省参评中国戏剧奖·梅花表演奖。“首届黄河戏剧奖·梅花表演奖大赛由河南省文学艺术联合会、中共安阳市委、安阳市人民政府主办，河南省戏剧家协会、中共安阳市委宣传部、安阳市文化广电新闻出版局联合承办。各省辖市剧协及省直院团共推荐12位演员参赛，涵盖了豫剧、曲剧、越调三个剧种。经过初评的资格审定，有9位演员进入终评，从11月29日至12月4日，9位演员携八场大戏和一场折子戏，历时6天，分别在安阳人民大会堂、笑天影城和安钢剧院举行演出。参赛选手剧目精彩纷呈，演出风格各有千秋，经过专家与群众共同投票，最终排序如下：刘艳丽（河南省曲剧团折子戏《红娘》《寇准背靴》《风雪配》），刘雯卉（济源市豫剧团《王屋山的女人》），史茹（三门峡市豫剧团《虢都遗恨》），张晓红（洛阳市曲剧院《窦娥冤》），王丽丹（河南省豫剧三团《大爱无言》），张娜（郑州市曲剧团《麻风女》），陈大华（洛阳市豫剧团《山妞》)，关美利（洛阳市豫剧院《穆桂英挂帅》)，陈清林（河南省越调剧团《清风亭》)，九朵梅花同时绽放古都安阳，为初冬的安阳增添了一抹艳丽的景色。

梅花竞放　暗香浮动

大赛期间，近万名戏迷观看了演出，由于时间安排紧凑，各参赛剧团出现了这方唱罢还未下台，那方就已经在剧场门口等着装台的场面，安阳老百姓也兴奋地赶场看戏，人流如潮，场场爆满，掀起了空前的戏剧观赏热潮。

面对热情的安阳观众，前来参赛的所有选手此时已经不是为角逐“中国戏剧奖·梅花表演奖”的门票而来，而是要为百姓展示自己最高水平的表演。面对着掌声如潮的观众，她们感受到的是金碑银碑不如老百姓的口碑，观众的认可是最大的奖赏。刘艳丽的折子戏专场，从新婚夜的新娘子到伶牙俐齿的小红娘，都塑造得栩栩如生，其行腔圆润、吐字清晰、感情细腻、唱做俱佳，尽显了曲剧声腔韵律之美；史茹主演的《虢都遗恨》，其舞美大气，剧情丝丝入扣，演员表演到位，仿佛把观众带到了西周时期，让观众的思绪随子桑的命运而起伏；刘雯卉主演的《王屋山的女人》，成功塑造了一个危难中勇于担当、困境中从不退缩、一个对自己承诺敢于负责的女人——彩云的艺术形象，这在当下“讲诚信、树新风”的和谐社会里尤其可贵；张晓红带来的《窦娥冤》，给观众展示了一个据理力争、不畏权贵的窦娥形象，精彩的表演使得剧场内掌声如潮、泪如泉涌；关美利带来的传统戏《穆桂英挂帅》，观众早已耳熟能详，特别是选手一唱“辕门外三声炮如同雷震”的唱段，观众直呼过瘾……其他剧目如《大爱无言》《麻风女》《山妞》《清风亭》，也是各具风采，皆有可圈可点、令人难忘之处。

公正公开　品如梅花

为办好“首届黄河戏剧奖·梅花表演奖”大赛，省戏剧家协会针对评委、演员分别制定了严格的行为守则，牢固坚持公开、公正、公平的原则，坚持杜绝一切不正之风干扰。省戏剧家驻会副主席、秘书长陈涌泉说：“之所以要劳心费力地举办大赛，就是要把评奖的过程置于广大观众的监督之下，把黄河戏剧奖·梅花表演奖办成冰清玉洁的奖项。”这次大赛的评委或来自全国艺术院校的知名教授，或是中国戏剧梅花奖得主，还有“二度梅”获得者；观摩团是来自全国各省戏剧家协会的主席或副主席，其影响之大、规格之高，是以往选拔赛中没有的，而且评委老师的公正公开也是有目共睹的。此次选拔赛，改为以新创作的大戏或折子戏专场现场演出方式集中进行比赛，评奖标准上注重德艺双馨，不但与中国戏剧梅花奖的比赛体制接轨，而且让我省的参赛选手提前进行了一次模拟比赛。

这次选拔活动评委们兴致很高，特别是外省评委，深切地感叹道：“这次大赛看到了河南戏剧界令人振奋的三点：一是在戏曲逐渐萎缩的当下，难得河南的老百姓对戏曲还有这么高的热情，不仅每场观众席爆满，连走道上都站满了人。二是前来参赛的选手个个实力雄厚，在河南这片沃土上培育出来的戏剧演员真是太棒了。三是担任此次评委与以往相比是最绿色、最轻松的一次。因为‘梅花表演奖’评比不是几个人在房间里看录像决定的，而是在广大观众参与下，在公开、公正、公平的环境下进行的，参赛人员是拿实力说话，没有出现托人说情的现象，整个大赛的评比就像梅花一样冰清玉洁，河南的戏剧大有前途啊！”

送人鲜花　手留余香

河南省“首届黄河戏剧奖·梅花表演奖”大赛通过各方共同努力，于2012年12月4日晚顺利落下帷幕。

此次赛事观众反响热烈、好评如潮，大家认可，这次选拔赛不仅锻炼了艺术队伍，而且满足了观众精神需求。78岁的忠实戏迷王革勋老先生评价大赛实现了“五新两强”，即“新剧本、新角色、新唱腔、新做派、新效果”及“阵容强、行当强”。大赛评委会成员、《河南戏剧》执行主编张锡荣有感于安阳戏迷观众的热情和厚爱，深有感触地说：“戏剧需要不需要，到安阳看看就知道；戏曲能活不能活，请到安阳学一学。”

这次大赛通过开门办赛事，体现了文化惠民、文化为民的服务宗旨，实现了赛出精品、赛出人才的预期目标，对于表彰和鼓励优秀青年戏剧表演人才，提高河南戏剧创作和表演水平，繁荣发展河南的文化艺术事业，将起到积极的推动作用。

注：论文《岁寒梅花齐争艳　暗香浮动安阳城》2013年2月在《河南戏剧》上发表。

温文尔雅美小生

——感受青年演员任现军从艺三十年的艺术人生

今冬伊始，安阳市崔派艺术研究院青年演员任现军戏曲专场演唱会在众人的企盼下来临。拨冗届临的领导、友情客串的名家、鱼贯而入的观众随着开场曲的陡然鸣响而凝眸翘望。急管繁弦后，任现军带着温雅的笑意，谦积从容地走上舞台，他的脚步就像自己的心情一样，既轻盈又矫健。他款款呈现的一段段唱腔不啻是一曲曲苦与乐的和弦，更是饱蘸着激情和热血奋力谱写的命运交响……

任现军出生于河南省西华县一个普通的农民家庭。他自幼在这方土地嘤嘤学语、妪煦成人。可贵的是，见识丰广的他如今依然秉持着农家子弟的本真与淳朴。笔者和任现军皆为熟稔的管鲍之交，印象中的他始终勤勤恳恳，任劳任怨，从不虚与委蛇，钻营攀附。人的价值观如果用甘于寂寞，不事张扬做砝码，他是完美无疵的。他不爱交游，不慕虚名，对人有礼有节，坦诚温厚。他虽不乏新遇旧知，却鲜有人懂得那纯然笑靥是历尽坎坷之后的恬适，是跋涉险峻之后的从容，是负肩重荷之后的潇洒。

在家务农的任现军偶逢机缘考入一家民营剧团，自此步入了“苦其心志，劳其筋骨”的炼狱生涯。两年以后，他以扎实的基本功在同辈学员中脱颖而出，令全团啧啧称道。1985 年，他考上了西华县戏校深造学习。1987 年，他以优异的成绩毕业后被西华县戏校推荐到驻马店市豫剧团实习。“不用扬鞭自奋蹄”。1988 年他同时报了许昌市戏校和安阳市濮阳地区戏校，被两所戏校录取。时任安阳市濮阳地区戏校校长张怀堂慧眼识才。在还没下录取通知书的情况下，张校长力排众议提前将这个颇具潜质的人才加以挽留。

1988年，张怀堂校长执导大型古装戏《闹龙宫》，以作为河南省首届艺术节的开幕式角逐比赛。他毫不犹豫地让正在家等待通知书的任现军参加大型古装戏的排演，一时人言籍籍。任现军不负厚望，以干净利落的连续前翻、后翻的精彩表演在河南省首届艺术节上一举夺魁。

不偶然的事情偶然得之，则是意外的惊喜。在任现军临近戏校毕业时幸运地又赶上了河南省第二届艺术节。安阳市参赛剧目是大型现代戏《飞夺泸定桥》，任现军有幸饰演剧中男一号高连长。经过戏校三年的系统学习，任现军的表演已初具章法。当年时逢建党七十周年，豫剧大师崔兰田率领大型现代戏《飞夺泸定桥》演职员代表河南晋京向建党七十周年献礼，正式拉开了中国戏剧界向建党七十周年献礼演出的序幕。该剧受邀在北京巡演一个月，受到了国家领导人和各界人士的高度评价。荣宠加身的任现军毕业后被分配到安阳市豫剧一团。

刚分到剧团时，任现军和同为演员的妻子樊春英在安阳城郊租房居住。为了不耽误第二天的演出，这对相敬相惜的佳偶常常相偕从郊区提前一夜在火车站候车室里相依相偎，苦等天明，两颗心互相温暖着彼此。遥想当时的不济，任现军的妻子虽泫然陨涕，却竭力控制不哭出声来，缄默传递着涸辙之鲋的涓涓真情，略过了其中所有的悲苦辛酸。这样的感情如同一条隐匿的地下河，它会澎湃汹涌，但更多时候是缓慢奔流，无风无浪。

时任安阳市豫剧一团团长、豫剧大师崔兰田的胞弟崔少奎得知任现军夫妇的苦况后，立即安排在自己家里住了下来。豫剧大家赵义庭之女赵娟及其丈夫段俊林等同事们还时常在生活上给予任现军夫妇照料和体恤。此等恩德厚谊在潜移默化中悄然成为任现军奋发拼搏的动力。不管是主角、配角、甚至是龙套，他都会一丝不苟，唯恐辜负了领导和同事们的扶掖。至今，每每缅想众人昔日的恩惠，任现军迤逦追怀，感念于心。

1997年，任现军已从崔少奎团长的家搬到剧团的集体宿舍。望着局促不堪的家，初为人父的强烈责任感使他面对妻孥不禁黯然殷忧。残酷的现实逼迫他弃艺经商，虽然收入渐丰，心里却泛起难以言喻的失落。他时常为此嗒然叹息，个中缘由了然又无奈。如雨后春笋涌现的戏曲茶楼让他重新拾起了梦想，最重要的是他为了应付戏迷，各种各样的唱段都得会唱，这对离开舞台多年的任现军来说是个严峻的考验。一次偶然的机会，安阳市文化艺术学校招聘代课老师。任现军窥时俯仰，如愿以偿。为重拾旧梦，他毅然走出了商海，白天在文化艺术学校代课，晚上就在戏曲茶楼练嗓子，一晚上也能挣几百块钱。

2002 年，安阳市豫剧团和安阳文化艺术学校合排大型现代戏《大渡壮歌》。任现军受邀担任了剧中男一号，这个角色要求演员文武兼备，唱做并重。他虽辍演多年，却不失其功底，刮垢磨光。而他那淑静端慧，温婉可人的贤妻却欣然选择告别舞台，只为丈夫早日卓荦为杰!

2005 年，安阳市豫剧团（今称安阳市崔派艺术研究院）新排大型现代戏《红旗渠》角逐河南省第九届戏剧大赛。几经筛选，任现军成为男一号突击队队长牛大刚的不二人选，一举获得文华表演一等奖；2008 年安阳市豫剧团、安阳县豫剧团根据真人真事联合排演大型现代戏《大爱无言》，任现军担任剧中男一号王运景。为了满足今天观众对现代情感的理解，他如琢如磨创造属于当下舞台新的情感叙述方式。如在第二场当得知自己马上要采取截肢手术时，倔强的王运景艰难地要求练习站立、练习走路，他巧妙地运用了戏曲程式动作，在没有双手、还拖着一条马上要手术的残腿，坚持让战友们扶他起身，先是艰难地站住，然后慢慢地来了几个顿步，伴随着主题歌："好爹好娘哟给咱一条命，是苦是乐哟靠咱自己争……"，他的动作由慢到快、由生疏到熟练、由痛苦到轻快，从一开始艰难的单腿三起三落到一连串的锉步、跪步，最后来一个完美转身 360° 劈叉。通过对人物深入细致的理解和塑造，任现军获得了第十届河南省戏剧大赛文华表演一等奖；2010 年，安阳市豫剧团参加第四届河南省黄河戏剧节比赛，任现军担任大型现代戏《野牯岭》男一号，任现军将一个大学生村官——陈志鹏的性格和魅力表现得淋漓尽致，一举荣获表演一等奖；2011 年，安阳市豫剧团排演大型历史剧《曹操》，任现军担任剧中曹植的扮演者，传神阿堵地诠释了一个惊才风逸的艺术形象，被戏剧界的专家同行誉为“一个跨越古装与现代舞台的诠释者”。

2012 年，任现军在豫剧电影《柳迎春》中为全国人大代表、著名豫剧表演艺术家崔小田配演大苗郎。他的戏份虽然不多，但是扮相让戏迷乃至影片导演路振隆竞相直呼这是迄今豫剧舞台上最为心仪的大苗郎形象。事实证明，久负盛名的安阳市崔派艺术研究院（安阳市豫剧团）在以崔小田院长为首的领导班子下始终以大文化观念出发，惟器是适，并未以崔派艺术的核心价值定位而埋没任何一个人才。

2013 年 5 月，任现军受中华侨联办邀请，随同信阳市豫剧团赴宝岛台湾进行两岸文化艺术交流。他在剧中饰演男一号陈元光，展示出这个人物独特的思维方式，行为方式，并以艺术的手段准确找到人物性格和地域文化的结合点，使台湾同胞深切感受到海峡两岸同根同祖、血浓于水的亲情。我想，随着时光的流转，海峡两岸文化交流史会留下任现军的惊艳一笔。

有人认为任现军蜗居安阳委实屈才，有些商界精英也忠告善道他重入商海，甚至有省内外院团愿以丰厚的待遇加以挽留。面对周遭的功利罡风，任现军体悟着深爱中的吟味，不忍离去。在他看来，安阳俨然成为他的第二故乡，这里有太多的领导、师长、同行、观众始终默默地关心着他、支持着他。不以物羁的他无悔地选择了在这方热土矢志不渝地坚守着。孟子有言：“天下熙熙皆为利来，天下攘攘皆为利往。”任现军没有在浇漓的世风中为名缰利锁所羁绊，而是潜心笃诚地敬畏艺术，笃恭观众。每每演出结束谢幕时，看到观众在持久热烈掌声中站得笔直，任现军顿感人生价值的鲜活彰显，栩然而醉间荡涤了为之饱受的困顿曲折……

岁月不居，年华飞逝，任现军已在戏曲红氍毹上奋蹄疾驰了三十年。

三十年来他一点一滴地蜕变，其中多少汗水连同艰苦的拼搏，振奋的砥砺已深深烙印在他的心间。从《红旗渠》中的牛大刚，到《大爱无言》中的王运景，《野牯岭》中的陈志鹏，再到《开漳圣王陈元光》中的陈元光，《曹操》中的曹植，《柳迎春》中的大苗郎等等，这些众多的角色既承载了任现军艺术跋涉中的心血，也彰显出“含蓄洗练、温文尔雅”的艺术追求。而当你细品又不难发现，任现军在不断突破中自觉地将不同身份，不同年龄，不同年代，不同性格的生角赋予行当化和性格化。他既遵循了生行的同一性，又具有性格的相异性，特征独具，耀人眼目。我不知任现军需要多少的厚实的功底和文化积淀才能持续三届荣膺河南省戏剧大赛文华表演表演奖，这既实至名归，更殊为不易！难怪河南豫剧院党委书记汪荃珍、著名豫剧表演艺术家张宝英、崔小田等日前在任现军戏曲专场上交口咨嗟“任现军是个难得的艺术人才，也是当今河南戏曲舞台上形象最美的小生之一”这是她们发自内心称赞。其实，任何人的成功都不会是孤立的，纯粹个人化的。任现军知道丰誉的背后除了自己的努力，更离不开多年来支持和器重他的领导、前辈和同仁们，当然也离不开与他相濡以沫，甘苦同在的贤妻。

豫剧崔派艺术的铸就离不开崔兰田大师筚路蓝缕般的开基功勋，也凝结着其麾下诸多先贤同心一德的创业苦心，二者交辉互映方是完整的崔派艺术表演体系。在戏曲大气候日趋“阴盛阳衰”的时下，笔者之于任现军除却一腔感佩，更多的是希求他能承担更为艰巨的桥梁使命：抢救性地开掘渠永杰、崔少奎、辛玉祥、魏进福、王香芳等安阳市豫剧团生行前辈们的艺术风范，以此彰显崔派男声唱腔新的价值和方位！若果不其然，或许任现军会在崔派艺术发展史留下可歌的一笔。

注：本文《温文尔雅美小生感受青年演员任现军从艺三十年的艺术人生》在2013年10月《魅力中国》戏剧版发表。

迷茫青春中的潋滟光波

——小剧场话剧《我要恋爱》中的人物形象塑造及舞台呈现

有人说，爱与死是艺术创作的永恒主题，诚然。再进一步把广泛的爱具体而微到男女的情爱来说，表面上看起来只是一个人与另一个人之间的事，但其实都无可辩驳亦无法隐藏地刻着时代烙印——比如歌德的《少年维特之烦恼》，莎士比亚的《罗密欧与朱丽叶》，汤显祖的《牡丹亭》，中国四大民间故事之一、被很多地方剧种搬上过舞台的《梁山伯与祝英台》都如是。深圳市小品话剧团演出的小剧场话剧《我要恋爱》以鲜明的时代气息、鲜活的时尚元素、张弛有致的舞台节奏、演员对人物恰如其分的塑造能力，不仅引爆笑点，也在猝不及防当中引发观众心底的温情和善意。原创小剧场话剧《我要恋爱》（编剧、导演：邸叙然）以马胖胖（马天伟饰演）从少年情窦初开、懵懂冒失的网恋，到大学时经历一段坎坷感情上造成伤害，工作后在公司以为找到真爱却被拒绝，乃至在乞丐的言语刺激下投海欲殉情，一直到重新发现自己、战胜自己而意外地获得爱情为主线，同时在情节发展过程中，也塑造了风流倜傥、“行走的荷尔蒙”雷哥（张雷饰演），被称为“死变态”而又心地善良的阿星（王靖凯饰演），在生意上有些“惟利是图”、在感情上亦有些“执着”或者说有几分“锲而不舍”的女老板（初小洁饰演），美丽善良心地坦诚的莎莎（李明子饰演）、整天穿着运动装秀肌肉的“女汉子”丽儿（张立儿饰演）等人物形象，所以更准确地说，这是一部表现都市小白领情感生态的群戏。这些人物平凡普通但又富有生机，虽然有时他们的眼神不无迷惘，但大多认真地活出了自己愿意成为的样子，向理想进发的青春中留下值得品味的潋滟光波。

这部表现都市小白领爱情“悲喜剧”的小剧场话剧，语言并未占有太大比重，但其鲜明的时尚性及个性化毋庸置疑；舞美及灯光、道具灵活运用，体现的是简约风格和以表演为中心的艺术特征；与观众席上的互动毫不牵强，并且和规定情景有机吻合；音乐与舞蹈的成分，都颇具匠心且起到调整戏剧节奏、营造情境氛围的作用，同时，还有几段是为发挥演员本身的所长而设置的；撇开技巧以外，还有很重要的一点让人感动，就是这部戏的主创们对世态人情有一种不拘泥的、包容的态度。

就语言来说，男主人公马胖胖的台词在叙述功能和戏剧情境间切换，同时，只有在当下才会有的一些说法随处可见。如马胖胖对网上邂逅的“女友”说：“我们已经认识三天了，这么久，该见面了吧……”这是在我们这个生活节奏快，爱情也进入“快餐”“速食”时代才会有的对于时间的判断。其他人物的语言都极具个性化和时尚性，无论是女老板的粤语普通话、还是乞丐的既有乡土气息又充满都市感的人生领悟，尤其是雷哥语言的放纵不羁和不时闪现的“急转弯”，都既是当下的又是个性的，令观众时而忍俊不禁，时而捧腹不已。比如公司里新来了年轻单纯美丽的女同事莎莎，被马胖胖惊为天人而因此手足无措，与此同时雷哥已经开始行动，美其名曰是要向马胖胖“演示如何搞定第109个美女！”他约莎莎吃饭，被拒绝；了解到莎莎喜欢锻炼身体，马上约她去运动——滑旱冰；当发现甩不掉拼命当“电灯泡”的马胖胖，就建议带莎莎去“开房”，面对莎莎惊讶的眼神和反问“开房？”时，雷哥狡黠而又坦荡地一笑：“开KTV房，唱卡拉OK啊！想哪儿去了——你好污哦！”莎莎和马胖胖在观众的笑声中松了一口气。雷哥的善于欲擒故纵、莎莎的单纯耿直、马胖胖的老实憨厚都在这短兵相接的对话中淋漓展现。

其实，“网恋”是戏剧舞台上所难以展现的，如果一定要展现，很容易流于语言上的堆砌。《我要恋爱》表现“网恋”则另辟蹊径，充分发挥舞台的假定性，利用灯光的变换，将虚拟的网络世界氛围化——五六个演员在闪烁的光影中，来回穿梭地在寻找适合自己口味的聊天对象，学生党、拜金女、寻爱者……在电波的虚幻里，把每人匆忙寻找的心绪形象化，把人物内心的需求通过舞台调度、形体充分泄露，此时配合在其中的语言，则成为戏剧动作的有机组成，方不显其干巴单调，方将人物内心展现得淋漓尽致：一个圆场就是一次聊天，一个转身就是一次偶遇……空间的虚拟，光影的变幻，把剧中网上的邂逅表现得活色生香。

说到这部戏极简主义的舞美和道具，有几处令观众印象深刻：一是马胖胖大学时代的一个夜晚，他送互有好感的师妹回宿舍的路上，少年的心思如歌如画：师妹即便要天上的月亮，马胖胖也会想办法去摘下来。果然，扮演树们的歌队上场后，师妹嫌树下黑，马胖胖焦灼的心情马上引亮了路灯，吓得两人连忙松开了手；师妹又嫌路灯太亮，在马胖胖的示意下，路灯熄灭；师妹想起今晚应该有月亮啊，一棵小树举着圆月便出现在小路尽头，为刚刚萌芽的恋情营造浪漫的氛围……这是一种超现实的表现方式，不必遵循生活逻辑，表达的是男主人公的情感浓度、青春激情；还有一处是在雷哥“别有用心”地带莎莎到旱冰场运动时，剧中人举着个纸牌滑上，上面写着：“这里很多人”，然后在音乐中花样蛇形滑下，瞬间举块新的纸牌复上：“但演员不够”——剧场“笑果”很好。笑声未落，又一剧中人前后带着一排纸片做的人形滑上，以此佐证“这里很多人”，“但演员不够”。此时此刻，台上台下彼此心领神会，笑意盈盈，接着要看的就是马胖胖的“焦灼”和雷哥如何“施展魅力”了……其实这种舞美风格和道具的使用，是更多地以表演为中心，场面调度和氛围营造是手段，目的是情节的展开和人物形象的塑造，给观众的则是愉悦的审美体验。

谈到小剧场戏剧的特征，除了常说的先锋性、实验性、探索性之外，互动性也是需要关注的一个方面。这部戏给人印象较深的互动有两处：一是酒吧里，郁闷的马胖胖刚被雷哥给上了“一堂课”，醉意朦胧之中想要实践一下之时——他按照雷哥刚教的招数与观众席上的美女搭讪，没想到人家男朋友就在身边，于是观众席里一片笑声，这笑声并不牵强，因为马胖胖的这一行动符合剧中人醉态之中的莽撞，还有就是在这一段落结束时，才让人恍然：刚才发生的是臆想，这是马胖胖想象自己去做的事；另外一处是在海边，刚被莎莎拒绝的马胖胖偶遇乞丐，三言两语之间被激得跳进海里——观众席前，跳下去之后才想起自己是会游泳的，但乞丐不知，情急之下也跳入海中，跳到观众席前才想起自己不会游泳，结果自然是，被救的把救人的救上了岸。湿漉漉的马胖胖问：不会游泳还救人？湿漉漉的乞丐回答：要是因为我一句话你就死了，我不得后悔一辈子！这次互动让观众笑着笑着就感动了。

这部戏音乐和舞蹈颇占些分量。开头伴舞的音乐《棒棒棒》是韩国一个组合的作品，也被我国歌星明星等演绎过各种版本，结尾有一段伴舞的音乐是国际乐坛上炙手可热的创作型歌手、才华横溢的制作人马克·罗森的作品，另外出现在剧中的音乐音响部分有的是和时间背景有些关系，如马胖胖大学里的文艺演出上的节目有少儿电视节目的主题曲，也有当时的流行歌曲，还有传统戏曲的锣鼓经等。这些设置颇具匠心，有的是为了营造都市氛围，也有为表现主人公从少年到青年的时间跨度，也有大学校园文化背景的考虑，还有的就是为发挥演员本身的所长。剧中这些音乐舞蹈的段落，为调节戏剧节奏、营造情境氛围都起到了一定的作用。这部戏目前已演出20多场，颇受市民尤其是白领阶层的青睐。

撇开技巧，这部戏还有很重要的一点让人感动，就是这部戏的主创们对世态人情有一种不拘泥的、包容的境界。是的，金无足赤，人无完人。本剧中，无论是把马胖胖置于“危境”的师妹，还是“演示搞定第109个美女”的雷哥，乃至不仅把马胖胖“见义勇为新闻发布会”变成“自家公司业务推广会”，而且还通过各种“加班”把雷哥变成自己腹内“胎儿”父亲的女老板，还有被称为“死变态”的阿星，主创者和演员创作时都在不动声色之中采取了包容的态度——比如师妹置“危境”于马胖胖，得到的是“留校察看”的处分，对于一个大学生及其家庭来说，绝对是一个大的坎坷，但是马胖胖从始至终没有非议师妹半句，一方面是他的宅心仁厚，另一方面从情节发展中体现出来的，是马胖胖因此的成长，一定寻找到属于自己的美好爱情，只是留下了后遗症：对追求女生胆怯；自称已经“搞定108个美女”的雷哥，最终还是被女老板“死缠烂打”式的追求给俘获，如同被“封印”一般，似乎是一种“一物降一物”的缘分；女老板不分场合地谋求私利、不择手段地追求爱情，但不妨碍看到她对感情付出诚意，更愿意看到她的公司多多发财；乃至于对“死变态”阿星，主创也毫不吝啬地给他剖明心迹、诉说往事的情境……对那些不那么尽善尽美的人和事，主创者们没有高高在上的优越感，而是以平视的目光、深入内心世界的眼神，不失准确和机趣地传达人物的喜怒哀乐，是珍贵的，也是高贵的。正如著名评论家童道明先生曾说自己在创作中“不刻意追求道德批判意义上的深刻，只想用人道主义的恻隐之心观察世界，用悲悯情怀去看待人生。”知名美学家蒋勋先生在《细说〈红楼梦〉》中也强调过相同的观念。

这部戏对小人物不经意间流露出的理解、温情与善良，在可看性很强、时代感鲜明的舞台呈现之后，令人动容，更令人有所回味。

注：论文《〈迷茫青春中的潋滟光波〉——话剧〈我要恋爱〉人物形象塑造及舞台呈现》2017年2月在《中国戏剧》上发表。国内统一刊号：CN 11—1767/J

后　记

感恩遇见

我是编剧界的一个晚辈，自已也没想过这辈子能涉足编剧这个行业，起因要从我们单位几个退休编剧老师们说起。我到艺术研究所上班时他们都已经退休了，但他们还会经常把自己的作品研讨会放到单位召开，有事没事儿也经常来单位聚一聚，喝喝茶、聊聊剧本、谈谈创作，几位老师常常会因意见不合争执的面红耳赤，有时候激动得控制不住自己拍起桌子来辩论，最后胜利的一方脸上会挂着喜不自禁的笑容，得意地坐在那里故意把茶水抿出声响来。每当这个时候，他们就会把讨论的方向指向我，开始说教：“你看，我们编剧的生活是不是很有趣？来咱们单位工作怎么能不搞创作？咱们单位怎能没有个年轻人来继续搞创作？”同样的话说的次数多了就放在了我的心里，这些话让我感到有份沉甸甸责任压在肩上。看我不反对，他们会经常给我临时布置一些作业，我也是十分要面子的，硬着头皮也要逼自己写出来，他们会很尽心地给我辅导，不管作业做得好与坏，都是先肯定优点，再委婉地点出需要改进的地方，基本上没有让我感觉写作很难，最重要的是他们让我对创作充满了信心与期待。记得我的第一个小品《农家喜事》写出来以后，主题十分契合新农村建设，有人提议推荐到当年市里的元宵戏曲晚会上演出，也有人说这个水平根本没有资格上晚会，单位退休的张庆均老师是一个十分爱惜青年艺术人才的前辈，他是安阳市最早举办编剧班的人，他的学生遍布全市各个行业，这次张老师主动站出来说，这个小品稍加修改上演是完全没问题的，他还主动担当了这个小品的导演，并和我对剧本进行多次调整，在挑选演员上也充分尊重了我的意见，每次排练要求我务必到场，从台词、服装、道具和舞台调度等方面，让我充分了解到一个作品从剧本到舞台呈现，是如何一步一步打造出来的，很庆幸，那次的演出十分成功，我收获的不仅仅是赞美和掌声，还收获了更大的信心和友谊，演员从此和我成了至亲好友。现在想想，如果不是老师们真诚的鼓励，我可能不会走到今天。在我决定开始把创作进行到底的时候，我的这几位敬爱的、可爱的、热爱的老师们毫无怨言地来做我人生道路上的指明灯，他们对我真的是照顾细心、关爱有加，我每写出一部作品来不管是好是坏他们都会毫不吝啬自己的赞美，肯定的同时会让我信心满满地进行下一步的修改，我想，我的自信就是在那个时候树立起来的，现在再看看那时候的修改手稿，自己竟然看着都有点儿如坐针毡了（哈……），老师们当初竟然都没有嫌弃，还说我是个典型的文艺青年，现在想想，这个文艺青年硬是被他们在那种典型环境里给熏陶出来了，当初那个所谓的文艺青年像一个愣头儿青一样，毫不畏惧、跌跌撞撞一路走来，一直走到了今天。

这一路，还让我遇到了很多人生导师，在我的创作道路上对我不断地进行鼓励、加油，他们都是我生命中的贵人，在我艺术成长的道路上教我学会了很多，不仅仅是专业的编剧理论，还有更实用的实战创作，让我这个非专业编剧有了很大程度上的提高，感恩之心不言表，放在心里就好，但是，心里还是真的真的感激他（她）们，感谢他们这么多年对我的鼓励与指导，像我这样一名基层非专业编剧能走到今天，全仗老师们的照顾与鼓励。

创作大型历史剧《甲骨殇》也不是心血来潮、一时兴起的，这个题材在心里搁了好多好多年，缘于当时著名的编剧贾璐老师最先提醒我，要我一定要写一部当地关于甲骨文题材的剧本来，后来著名的编剧孔凡燕老师也鼓励我来写这个题材，对于历史剧我是一直不敢下手的，总是觉得自己的创作能力和人生阅历还十分欠缺，无法驾驭这么厚重的历史题材，但是心中经过两位老师一再鼓励还是跃跃欲试按捺不住想要创作的冲动，没想到两位老师最后都不约而同地对我用了同样的激将法：你要是不写，我就开始自己写了，让人家看看自己家乡的题材被人家外地人写出来，你会不会脸红？被他们这么一激，这个事情就成了一件正经的、迫在眉睫的事情，让我坐立不安，每天心心念之。大家都知道，有关甲骨文题材的在中国的戏剧舞台还没有过，殊不知，甲骨文是在120年前就被发现了，那么在120年前，是如何发现3300年前我们的祖先活动留下的生活痕迹与文字考证呢？这个问题一直是我想知道的：甲骨文是如何被发现的？它的历史价值在哪里？它的出现会引起一番什么样的轰动？它的出现会让哪些人的命运为之而改变？这些问题一直在我心里徘徊，我要解开这些疑问，于是，我决定让这部大型历史剧《甲骨殇》解开一切疑问。机会来了，在2017年底，我参加了省文化厅主办、省文化艺术研究院承办的编剧研修班，当时的明巧玲老师再三鼓励我，一定要珍惜国家艺术基金对青年人才的扶持机会，我觉得这是一个很好的展示机会，我终于鼓起勇气把这个搁在心里许久的题材给申报上去了，没想到竟然被成功列入了国家艺术基金青年人才扶持项目，心里十分的感动，接下来的两年，我都在一心一意为这个项目做准备，收集资料、各地采风、案头创作、不放弃任何机会，多让老师们为这个作品把脉批评。终于在2019年4年，大型历史剧《甲骨殇》由国家艺术基金成功结项。这像是一针强心剂，让我在这条道路上更加斗志昂扬，以前在心里想都不敢想的题材如今都慢慢涌上心头，我的家乡安阳，是一个人杰地灵、历史厚重的地方，这里，有许多许多可以创作的好题材：红旗渠、岳飞庙、易经、殷墟、甲骨文、妇好、马氏庄院、二帝陵……需要把它们一个一个给呈现出来。要想把它们呈现出来得一步一步地来。唯有静下心来，做一个扎扎实实的创作规划，未来的几年，沉下心来好好地把它们一个一个攻破，争取为家乡的宣传再出一把力。

我的信心，源自那些关爱我的人们。

我有信心，让他们对我期望不落空！

感恩遇见！

感恩一路陪伴！

也感恩自己当初的坚持！

未来的路还有很长，相信一定会更加精彩！

陈俊丽

2020.3.26